란이는 한창 충전 중

란이는 한창 충전 중

한창·장영란 지음

휴먼큐브

여는 글

✳

이 책은 한창과 장영란의 이야기입니다. 한의사로 일하는 한창의 이야기이면서, 방송인으로 살아가는 장영란의 이야기이기도 합니다.

저희 부부가 많은 사랑 속에 결혼한 지 벌써 10년이 넘었습니다. 그동안 여러 일이 있었지만, 주위 분들의 도움과 관심으로 사랑 가득한 가정을 꾸리고 예쁘게 살아가고 있습니다.

저희 부부는 요즘 감사한 일이 참 많습니다. 저는 얼마 전에 병원을 개업해 원장으로서 환자들을 돌보고 있습니다. 아내는 병원 이사로서 병원 살림을 살뜰히 챙기고 있습니다. 남들이 다 말린다는 '같이 일하는 부부'가 된 셈이죠. 다행히 손발이 잘 맞아 여러 일을 척척 해내고 있습니다. 이뿐 아니라 장영란 씨는 본업인 방송 분야에서도 TV에 출연하는 수많은 연예인 중 한 사람에서 대중의 사랑을 듬뿍 받는 방송인으로 성장했습니다.

이 책을 내기까지 고민이 많았습니다. 어찌 보면 그리 대단한 것 없는 저희 부부의 이야기를 책으로 펴내는 것이 과연 의미가 있을까 하는 걱정도 했습니다. 하지만 제가 환자분들을 치료해서 건강을 찾아드리고, 아내는 '인간 비타민'이라는 별명답게 특유의 활기와 재치로 시청자분들에게 즐거움을 드리고 있기에, 저희가 살아온 흔적을 모아보면 독자분들에게 또 다른 힘을 드릴 수 있겠다는 생각이 들었습니다.

방송에서는 항상 행복하고 밝은 모습만 보이는 듯

하지만, 인생이 어찌 늘 행복하고 밝기만 할까요? 저희 부부도 수많은 갈등을 겪으며 무척이나 어려운 시간을 보내기도 했습니다. 저희가 겪은 그 힘들었던 시간들, 그러나 사랑으로 극복했던 경험들을 이 책에 가능한 한 솔직하게 써 내려갔습니다.

방송에서는 보이지 않는 제 아내 장영란의 여러 모습과 개인적 이야기도 자세히 담았습니다. 영란 씨를 사랑해주시는 팬 여러분에게 재미와 감동을 선사해드릴 수 있을 거라 기대해봅니다. 또한 한의사라는 제 직업을 양분 삼아, 제가 가진 한의학 지식을 우리 생활에 접목해 이야기를 풀어보았습니다. 독자 여러분에게 조금이라도 실질적인 도움을 드렸으면 하는 마음입니다.

이 책은 떠올리기만 해도 사랑으로 마음이 가득 차오르는 우리 아이들, 지우와 준우에게 아빠와 엄마가 어떤 사람인지 알려주는 선물 같은 책이 될 것입니다.

아이들에게 부모의 이야기를 들려줄 수 있는 이런 소중한 기회가 있음에 진심으로 감사합니다.

마지막으로 이 책은 지금 마음처럼 서로를 아끼고 더 열심히 사랑하자는 한창과 장영란의 다짐이기도 합니다. 사랑은 갈고닦을 때 유지되고 빛이 나는 것이니까요.

모쪼록 이 책을 읽는 모든 분이 사랑하는 사람과 함께 서로의 든든한 지지자이자 열렬한 팬으로 일상을 살아가시길 기원합니다. 그리고 건강하세요.

저희 부부를 응원해주시는 모든 분께 깊이 감사드립니다.

한창·장영란 드림

차 례

1

내 아내, 장영란을 소개합니다

사랑받았기에
사랑하는 사람

✳

언제부터인가 '한창'이라는 사람을 소개할 때, 장영
란은 빼놓을 수 없는 단어가 되어버렸다. 그래서 한창
이 써 내려가는 책이지만, 자연스럽게 내 아내 영란 씨
를 소개하는 것으로 출발하려고 한다.

영원히 함께할 동반자라는 확신이 든 순간부터, 무
수한 고비를 함께 넘기고 무수히 싸우면서도 무한히
사랑한 나의 소중한 여인 영란 씨. 내 아내를 한마디로
어떻게 설명할 수 있을까 무척 고민하다가, 어렵사리
정리해보았다. 장영란은 '사랑받았기에 사랑하는 사
람'이다.

영란 씨가 본인 인생에서 첫 번째로 꼽는 소중한 존재가 있다. 바로 '아빠'다. 내게는 장인어른이 되시는 그분만큼 영란 씨의 삶에 큰 영향을 준 사람은 없을 것이다.

학창 시절 영란 씨는 '끼 많은' 소녀였다. 공부에는 썩 관심 없었지만 문제를 일으키는 일 없이 성실하게 학교생활을 잘했다. 워낙 단정한 데다 무척 예의 바르기까지 해서, 담임 선생님이 아닌 선생님들은 영란 씨를 공부 잘하는 우등생으로 생각했다고 한다. (그런 선생님들이 뒤에서 등수를 세는 게 더 빠른 영란 씨 성적을 확인하고 깜짝 놀라는 것은 약속된 수순이었다.)

그래도 영란 씨 부모님은 항상 밝고 성실하고 예의 바른 딸의 모습을 사랑스럽게 바라볼 뿐, 성적 안 좋다고, 공부하라고 닦달하신 적이 거의 없었다고 한다. 영란 씨 오빠가 워낙 공부를 잘한 덕도 있었겠지만(영란 씨 오빠는 현재 모 대학교 교수님이다), 장인, 장모님은 기본적으로 사람이 바르기만 하면 무엇을 하더라도 그 길을 지지해주는 분들이셨다.

특히 장인어른의 딸 사랑은 유별났던 것 같다. 바깥에서는 범죄자를 체포하는 경찰이었지만 집에서는 그야말로 딸바보셨다. 딸이 밝게 자라는 것이 그저 좋았던 장인어른은 학창 시절 공부는 뒷전이고 응원단장이며 오락부장을 도맡는 선머슴 같던 딸을 나무라기는커녕 "역시 우리 딸이야!" 하며 자랑스러워하셨다고 한다.

이게 다가 아니다. 반 석차 43등이라고 적힌 성적표를 보여드린 영란 씨에게 장인어른은 박수를 치며 이렇게 말씀하셨다고 한다.

"우리 딸 정말 대단해! 숨김 없이 성적표를 공개할 수 있는 그 용기가 멋지다!"

이렇듯 장인어른은 딸을 있는 그대로 사랑해주신, 딸에게 오직 사랑만 주신 분이다.

그렇게 무조건 딸을 지지하던 장인, 장모님도 영란 씨가 고생길이 훤한 연예계로 들어서는 것은 원치 않으셨다. 윤석화나 최진실 같은 배우를 선망한 영란 씨는 연극영화과 진학을 원했지만, 두 분은 딸의 외모가 출중하니 비서학과에 진학해 비서가 되거나 스튜어디스 같은 일을 하기를 바라셨다.

하지만 사춘기 소녀 영란 씨는 두 분의 바람대로 따라가지 않았다. 연기에 대한 갈증이 심해 고등학교 2학년 때, 단짝 친구 한 명과 함께 무작정 대학로로 간 것이다. '연극단원 모집'이라는 포스터를 보고 극단에 찾아갔더니, 단비 5만 원을 내면 입단시켜주겠다는 답이 돌아왔다.

당장 돈이 없었던 영란 씨가 할 수 없이 집으로 돌아

와 부모님께 사정을 이야기하자, 장인어른은 직접 팔을 걷어붙이고 나서셨다. 곧바로 대학로로 달려가 그 극단을 방문해서 어떤 곳인지 알아본 것이다. 극단 관계자는 이렇게 부모님이 찾아온 적은 처음이라며 깜짝 놀랐다고 한다.

장인어른이 나선 건 천만다행이었다. 부모가 직접 찾아오자 극단 관계자는 열악한 현실을 숨기지 못하고 털어놓았다.

"우리 극단은 지방 공연을 다니면서 배우들 고생만 시키고, 술도 많이 마셔서 몸 버리는 일이 다반사예요. 솔직히 이 극단에 들어오는 건 추천하지 않아요."

더 놀라운 사실은 장인어른이 거기서 멈추지 않고 영란 씨가 들어갈 만한 극단을 직접 알아보러 다니셨다는 것이다. 그러고는 적합해 보이는 극단을 찾아가 단장을 만나셨다. 딸이 연극에 미쳤으니 한 번만 들어갈 수 있게 해달라며 사정하신 것이다. 입단 허가를 받게 되자, 장인어른은 영란 씨에게 딱 한 달 동안 극단 생활을 해보고 대학은 꼭 진학한다는 조건으로 연극을 하게 해주었다.

실로 멋지고 대단한 아빠가 아닌가. 부모의 뜻과 다른 길을 택하려는 자식이 못마땅해 지원을 끊어버리거나 집에 가둬놓고 공부만 하라고 했다면, 그 생기발랄한 영란 씨가 어떻게 엇나갔을지 모를 일이다.

영란 씨도 본인이 연예계 생활을 오랫동안 할 수 있었던 이유로 이런 안정된 가정 환경과 청소년, 대학생 시절을 평범하게 보냈던 것을 꼽는다. 다른 사람들처럼 학교생활을 하며 시험 보고 수학여행도 가고 평생 친구도 만들고, 대학 때는 밤새 술 마시고 MT도 다니면서 그 나이 때에만 경험할 수 있는 일들을 해봤기 때문에, 거센 비바람에도 꿋꿋이 버티는 뿌리를 내렸다고나 할까. 그 뿌리 중 가장 굵은 부분은 당연히 부

중 출연 하자 만드는 엄마

모님의 사랑과 관심일 터였다.

그런 이유에서 아내는 연예인을 꿈꾸는 친구들에게 화려함보다 평범함을 소중히 여기고 일상의 시간을 충분히 확보하며 살아갈 것을 적극 권하고 있다.

장인어른의 딸 사랑은 영란 씨가 성인이 되어서도 이어졌다. 영란 씨가 연극영화과에 진학해 첫 작품의 주인공이 되었을 때, 한달음에 달려와 관객석에서 가장 뜨겁게 박수를 치며 딸을 응원하던 장인어른의 모습을, 영란 씨는 지금도 생생하게 기억하고 있다.

내가 많은 사람들에게 웃음과 활기를 주는
연예인으로 자리 잡고,
'인간 비타민'이라는 별명을 듣는 기쁨까지 얻도록
사랑으로 나를 키워주신 우리 아빠!
아빠의 든든한 사위는 가끔 저에게 묻곤 해요.
"내가 장인어른만큼 당신을 아끼고 사랑할 수 있을까?"
다행히 아빠가 제게 주신 것에 버금가는
사랑을 쏟아주는 남자를 만나,
아이들과 함께 행복하게 잘 살고 있어요.
그러니 제 걱정은 하지 마시고, 하늘나라에서 편히 쉬세요.
아빠, 사랑해요!

영란 씨는
반짝반짝

✳

　이렇다 할 끼가 없는 내가 보기에 연극이든 영화든 연기를 하는 일은 그저 대단하기만 하다. 방송에 출연해 사람들을 재미있게 해주는 능력 또한 마찬가지다. 나는 방송에서 영란 씨를 처음 봤을 때부터 지금까지 한결같은 팬이며, 영란 씨만큼 오랜 시간 수많은 시청자를 즐겁게 해준 연예인은 흔치 않다고 본다.

　가끔 영란 씨와 옛날이야기를 주고받다 보면, 이 사람은 천생 예능인이라는 생각이 든다. 대학교 연극영화과에 진학하려면 몇 년씩 연기학원에 다니며 입시 준비를 하는 게 보통의 과정인데, 영란 씨는 연기학원에 다녀본 적이 없다. 연기와 관련해 영란 씨가 했던 유일한 공부는 장인어른의 도움으로 들어가게 된 극단 생활이었다. 그나마도 스태프로 거리에 포스터를 붙이고 공연 때마다 수없이 조명을 껐다 켰다 한 게 전부였다. 하지만 선배들이 연습하고 무대에 오르는 모습을 보며 연극 대사와 연기를 몸에 익혔고, 그 경험을 바탕으로 입시를 치러 당당히 연극영화과에 합격한 것이다.

사실 영란 씨가 극단의 심부름꾼 노릇을 하면서 배운 건 연기만이 아니었다. 배우들의 삶을 바로 옆에서 놓치지 않고 지켜보면서, 하나의 연극 작품을 완성하는 배우가 되려면 태도와 자세를 제대로 갖춰야 함을 깨달았고, 대학에 진학해 그런 것들을 체계적으로 배워봐야겠다고 결심한 것이다.

대학을 졸업하고 영란 씨가 국립극단의 연수단원으로 활동했다는 걸 아는 사람은 많지 않다. 연수단원은 정식 단원 밑에서 수련 과정을 겪고 테스트를 통해 정식 단원이 되는 자격을 얻는 자리인데, 짐작하다시피 국립극단인 만큼 연수단원이 되는 것도 쉽지 않다. 그런데 아내는 대단한 준비 없이 그 과정에 합격해 1년 동안 연수단원으로 활동하며 작품에서 단역을 맡아 연기 경험을 쌓았다.

이후 연예계 생활을 하면서도 영란 씨는 몇 차례 공연 무대에 서며 배우로서의 끈을 놓지 않고 있다. 마치 손재주 좋은 사람이 자기 전문 분야가 아니더라도 손기술이 필요한 영역이면 어느 정도는 해내듯이, 아내 역시 타고난 재능과 끼가 있기에 예술 계통이라면 어느 곳에서든 자기 몫을 충분히 해낸다.

이렇듯 장영란은 예능인으로서의 재능을 타고난 사람이다. 순발력과 공감 능력을 탄탄히 갖추고, 방송에서 액션보다 중요하다는 리액션의 장인으로 출연자와 시청자의 웃음을 유발하며 방송 흐름을 이끄는 역할까지 해내는 장영란 같은 예능인은 많지 않다.

이런 사실을 누구보다 더 잘 알기에, 나는 항상 아쉬운 마음이 든다. 영란 씨가 출연하는 대부분의 방송에서 영란 씨는 단편적인 이미지로만 소비되고 있었기 때문이다. 영란 씨처럼 유능하고 잠재력이 무궁무진한 사람을 다양하게 활용하지 않는 건 재능 낭비나 다름없다는 생각이 들었다.

그래서 나는 영란 씨가 자기가 해왔던 방송 스타일과 다른 제안을 받아 망설이거나 주춤거릴 때, 꼭 도전해보라고 조언한다. 자신의 능력을 믿고 나아가라는 말도 반드시 덧붙인다. 사람들이 영란 씨의 진면모를 알게 되는 순간, 대단한 호응이 있을 거라고 확신했기 때문이다.

역시 내 예상은 맞아떨어졌다. 최근 몇 년간 여러 방송에서 장영란이라는 이름이 화제가 된 건 우연이 아니다. tvN의 정종선 PD의 생각도 나와 다르지 않았다.

"장영란 씨를 캐스팅한 가장 큰 이유는 에너지가 워낙 넘치기 때문이죠. 분위기 메이커 역할을 하면서 전체적인 진행 능력까지 갖춘 '멀티플레이어'이기도 하고요. 장영란 씨는 프로그램 타깃인 중장년층은 물론 젊은 층에도 두루 호감을 주는 이미지예요. 첫 촬영 때 120을 기대했는데 150을 해주셔서 저는 정말 감사했어요."

_ 정종선 PD, tvN Story 〈돈 터치 미〉 캐스팅 비화 중에서

내가 방송에서 어떤 모습을 보여도
한결같이 나를 응원해주는 영원한 나의 팬,
우리 남편!
당신의 뜨거운 격려와 사랑 덕분에
나는 오늘도 누구보다 열정적으로 방송에 임한답니다.

울고 넘는
결혼 고개

＊

영란 씨와 나는 2008년 3월, SBS 예능프로그램 〈진
실게임〉에서 처음 만났다. 아내는 그 방송의 고정 게
스트였고, 나는 어쩌다 재미 삼아 방송에 출연해본 일
반인이었다. 내가 영란 씨에게 프러포즈하는 것으로
각본이 짜여 있었는데, 촬영하는 중에 나는 실제로 영
란 씨에게 끌리고 말았다. 녹화를 마치고 나서 다시 한
번 만나봤으면 하는 마음이 들기까지 했다.

내가 품은 마음의 크기가 작지 않았던지, 눈치 빠른
담당 작가님을 비롯해 몇몇 분이 오작교 역할을 해준
덕분에 영란 씨를 개인적으로 만나는 기회를 잡을 수

있었다. 지금 생각해보면 어떻게 그런 용기를 냈을까 싶다. 아마도 좋아하는 대상이 생기면 일단 돌진하는 내 성격 덕에 결국 영란 씨에게 닿았던 듯하다.

한의사와 연예인의 조합에 고개를 갸우뚱한 사람들도 있었지만, 우리는 여러모로 궁합이 잘 맞는 편이다. 이를테면 소소한 것에 마음 쓰는 것이 비슷하다. 한번은 내가 술을 마시고 밤늦게 귀가하다가 아기고양이가 갇혀 있는 걸 보게 되었다. 도저히 그냥 지나칠 수가 없어서 영란 씨에게 전화를 하자 영란 씨는 군말 없이 나와주었고, 그렇게 우리는 새벽 3시까지 함께 고양이를 꺼내느라 난리 아닌 난리를 쳤다. 이렇듯 우리는 마음이 잘 맞는 부부다.

하지만 우리가 연애 초반부터 죽고 못 살았던 건 아니었다. 나는 '장영란'이라는 사람 그 자체를 보고 순수하게 다가갔지만, 영란 씨는 아무래도 '연예인'이라는 자신의 타이틀에 끌려 내가 호감을 표시하는 건 아넌지 의심하는 마음이 있었던 것 같다.

이런 일도 있었다. 레지던트 시절, 당직을 서다가 좋아하는 걸그룹 멤버를 만나서 사인을 받고 그걸 내 SNS에 올린 적이 있다. 그걸 본 영란 씨가 자기도 연예인이어서 만났느냐며 오해하기도 했다. 철벽을 치는 영란 씨와 어떻게든 마음의 벽을 무너뜨려보려는 나의 밀고 당기기가 한동안 이어졌다.

그런 과정이 있었지만 그래도 우리 사이에는 사랑이 싹을 틔워 무럭무럭 자라났고, 마침내 우리는 결혼까지 약속하게 되었다. 그것이 또 다른, 아니 훨씬 더 큰 난관의 시작임은 미처 알지 못했다.

얼굴이 알려진 연예인과 한의사의 만남이니, 우리의 연애와 결혼이 화려했으리라 생각할 수도 있다. 그러나 영란 씨와 나의 결혼 과정은 "요즘 시대에도 이런 일이?"라는 말이 나올 정도로 순탄함과는 거리가 멀었고, 당사자인 우리에게는 고통의 연속이었다. 이유는 내 부모님의 극심한 반대 때문이었다. 방송을 통해 그 사연을 몇 번 이야기하기는 했지만, 사실 방송에서 차마 말하지 못한 부분이 더 많다.

사랑으로 낳고 정성으로 키워주신 부모님의 마음을 자식이 어떻게 다 헤아릴 수 있을까. 그저 우리 부모님의 마음을 짐작만 해보건대, 당시 방송에 비치는 아내의 이미지가 다소 가벼워 보였기에 아들을 내주기가 많이 아쉬우셨던 모양이다. 특히 어머니의 반대가 심했다. 아버지는 어머니만큼 반대할 마음은 없었지만, 어머니가 워낙 심하게 반대하시니 어쩌지 못하고 지켜보시는 입장이었다.

단 한 발도 물러섬이 없는 완고한 어머니와 그로 인해 몇 번씩 큰 상처를 입는 영란 씨를 바라보며, 나 역시 이루 말할 수 없이 어려운 시기를 보냈다. 영란 씨는 스트레스 때문에 안면 마비 장애를 겪기까지 했다.

그런데 사람 마음이란 참 묘한 것이었다. 극심한 반대에 부딪히니 우리 사이는 더 뜨거워졌다. 영란 씨가 스트레스로 힘들어하면 내가 직접 치료해주었고, 우리 사이에는 아무리 떼어놓으려 해도 떨어질 수 없을 것 같은 끈끈함이 생겨났다. 함께 이겨내보자는 말로 서로를 다독이며 그 시간을 버텼다. 그러나 어머니는 도무지 마음을 돌릴 기미가 보이지 않았다.

맹렬한 반대를 견디다 못해, 영란 씨가 헤어지자는 말을 하기도 했다. 영란 씨로서는 그것이 최선의 결정이었기에 나에게 그렇게 말했을 텐데, 나는 영란 씨와 헤어질 마음이 눈곱만큼도 없었다. 그러다 보니 정말 극단적인 생각까지 한 적도 있다. 괴로운 마음을 달래려 선술집에서 술을 마시다가 거리를 내다보았는데, 차들이 굉음을 내며 지나가고 있었다. 문득 그런 생각이 들었다. '저 도로에 뛰어들면 모든 게 끝나겠구나.'

고통이 이어지던 어느 날, 나는 '결혼을 허락해주지

않으면 죽어버리겠다'라는 말을 남기고 연락을 끊어버렸는데, 그 사태에 영란 씨까지 놀라 밤새 나를 찾으러 다닌 적도 있었다.

결혼 허락을 놓고 벌어진 갈등은 1년 넘게 이어졌고, 결국 나는 결단을 내렸다. 영란 씨를 받아들이지 못한다면 우리 가족을 포기하기로. 어머니가 끝내 물러서지 않자, 나는 "이 여자와 결혼할 테니 나를 호적에서 파라"라고 외치며 집을 뛰쳐나왔다. 그러고는 부모님 허락 없이 결혼식을 강행했다. 2009년 9월의 일이었다.

우리의 이야기가 해피엔딩이 아니었다면 이렇게 그 시절을 덤덤히 회상할 수 없을 터, 결국 우리 부모님은 자식의 뜻을 받아들이셨다. 처음에는 어쩔 수 없이 인정하셨지만, 우리가 알콩달콩 잘 사는 모습을 보여드리고, 영란 씨가 나를 한결같이 사랑하며 내조에 힘쓰고, 눈에 넣어도 안 아픈 손녀 손자까지 안겨드리니, 마침내 부모님의 마음이 활짝 열렸다. 우리 부부가 유산의 슬픔을 겪었을 때도 어머니는 "걱정하지 마라. 아이가 안 생기면 뭐 어떻니? 너희끼리 즐겁게 잘 살면 된다"라며 영란 씨를 다독여주셨다. 다행히 영란 씨도 그게 큰 위로가 되어 마음의 안정을 찾을 수 있었다. 지금 어머니는 대체 언제 결혼을 반대했었냐는 듯, 가끔 장모님이 시샘할 정도로 영란 씨와 가깝게 지내신다.

물론 그 시절을 돌이켜보면 아직도 서운하고 이해하기 어려운 부분이 있다. 하지만 앞서 말했듯, 부모님의 깊은 마음을 자식이 어찌 다 헤아릴 수 있을까. 두 아이의 아빠로서, 나도 언젠가 그때 우리 부모님의 심정을 이해할 날이 올 것이라 믿는다.

우리 아빠가 투병 중이실 때, 시어머니는 나에게 아빠 곁에 있으라며 1년 동안 시댁에 못 오게 하셨다. 아빠가 위독하다는 소식을 들으실 때마다 새벽 기차를 타고 문병을 와 주신 우리 어머님. 결혼을 반대해서 정말 미안했다고, 나를 딸처럼 아끼겠다고 아빠께 말씀하시던 어머님의 모습을 난 평생 잊지 못할 것이다. 결혼 반대로 힘들었던 기억과 결혼 후까지 남아 있던 일말의 서운함까지, 그때 모조리 씻겨 나갔다.

철벽녀
영란 씨

✳

연애 시절, 영란 씨는 대단한 철벽녀였다. 나는 진심을 다해 마음을 전하면 영란 씨도 금방 알아줄 거라 생각했지만, 영란 씨가 나를 믿고 마음을 내어주기까지 많은 시간이 필요했다. 내가 열정적으로 다가가고, 그럴수록 영란 씨는 더 단단하게 벽을 치는 연애가 한참 이어지자, 주변 사람들은 다소 의아해했다. 나야 원래 열성적인 성격이니 좋아하는 상대에게 적극적인 게 이상하지 않았다. 반면 방송에서 보여준 이미지와 너무 다른 영란 씨의 반응은 의외였던 모양이다.

방송 이미지로 보자면 영란 씨야말로 매사 망설임

없고 에너지 넘치는 사람이다. 그리고 실제로도 뭘 하든 진심을 다해 열심히 한다. 영란 씨를 잘 아는 사람들이 모두 인정하는 사실이다. 특히 떨어진 자신감과 자존감을 높이겠다며 바디 프로필 촬영에 도전했을 때는 나도 정말 감탄했다. 원래도 살이 많지 않은 사람이 이를 악물고 운동과 식단 조절을 병행해 5kg까지 감량했다. 그 과정을 지켜보던 영란 씨 매니저마저 "영란 누나 너무 힘들어 보인다"라며 걱정할 정도였다. 심지어 일을 쉬던 때도 아니었다. 빡빡한 방송 스케줄을 소화하고 두 아이 육아를 하면서 해낸 일이다. 영란 씨는 이처럼 무리해서라도 모든 일에 노력과 정성을 쏟는 의지력 굳은 사람이다.

하지만 누구나 그렇듯 영란 씨에게도 양면성이 있다. 늘 에너지 넘치고 활발해 보이지만, 한편으로는 자존감이 낮고 불안감 많은 모습도 있다. 연애할 때 보여준 방어적인 태도도 그 일부였다. 그때 영란 씨는 연예인이지만 톱스타는 아니라는 자격지심이 커서, 사람들을 만날 때 조심스러워하면서도 꼴사납게 연예인 행세를 하는 건 아닌지 항상 걱정했다.

또 영란 씨는 기본적으로 집순이다. 다른 연예인들과의 교류도 많지 않다. 연예인이 아닌 사람들도 흔하게 다니는 동료 생일파티도 영란 씨에게는 편히 가기 어려운 자리다. 매니저한테서 "다른 사람들과 좀 어울려보라"라는 훈수를 듣는 수준이다. 물론 아는 사람을 만나면 먼저 밝은 얼굴로 인사하고 동료들에게 친절한 사람이 되려고 노력하지만, 일정한 거리를 둔다. 동료 이상으로 가까워지지 않으려고 하는 것이다.

거기다 영란 씨는 딱히 취미라고 할 만한 것도 없어서, 여가 시간에는 주로 친구나 부모님을 만나 수다를 떨거나 배를 깔고 엎드려 만화책을 보곤 한다. 술도 생일 때, 혹은 어쩌다 친구들을 만나 몇 잔 마시는 게 전부다. 삶에 유흥이 전혀 없어서, 지켜보는 입장에서는 너무 일만 하며 건조하게 사는 게 아닐까 하는 생각마

저 든다. 그래서인지 영란 씨는 오랜 기간 방송 활동을 하면서도 그 흔한 스캔들 한 번 없었다.

하지만 일터에서 받은 스트레스를 풀 데가 없어서였을까. 과거에는 일 얘기를 나누면 "열심히 하기는 하는데, 언제나 행복하지만은 않다"라는 대답이 돌아왔다. 그도 그럴 것이 방송에서 영란 씨는 '비호감', '사이코', '성형 미인' 역할을 맡기 일쑤였다. 그래도 영란 씨는 어느 프로그램에서나 열심히 하고 내숭 떨지 않았고, 그 덕에 20대 후반부터 인기 있는 패널이 되어 일주일이 부족할 정도의 스케줄을 소화했다. 그러나 정작 영란 씨는 그 시절을 허무와 불안으로 가득했던 시기로 회상한다.

당시 영란 씨가 출연했던 SBS 예능프로그램 〈리얼 로망스 연애편지〉를 떠올릴 때마다 그 허무하고 불안한 마음이 느껴져 슬퍼진다. 〈연애편지〉는 남녀가 마음을 주고받는 연애 버라이어티 프로그램이었는데,

여성 출연자들이 꽃을 던지면 남성 출연자들이 그 꽃을 잡아 커플이 성사됐다. 그 프로그램에서 영란 씨의 역할은 '무반응' 캐릭터였다. 영란 씨가 던진 꽃을 게스트가 발로 걷어차기도 했다. 웃음을 위해 연출된 장면이라지만, 즐거운 시간만은 아니었을 것이다.

그래서일까? 영란 씨는 여타 연예인들과 달리 자신이 나온 방송을 모니터링하지 않는다. 자신의 캐릭터를 부끄럽게 여기지는 않았지만, 나중에 들은 얘기로는 장인어른이 방송에 망가진 모습으로 등장하는 딸을 보며 많이 우셨다고 한다.

영란 씨는 서른 즈음 나를 만나기 전까지 연애 경험이 서너 번밖에 없었다. 일이 너무 바쁘기도 했거니와 워낙 조심스러운 성격이기도 했고, 아내의 말을 빌리면 진지하고 보수적이라 남자들이 쉽게 다가오지 못했다고 한다. 그랬던 영란 씨가 나를 믿고 마음을 열어준 것만으로도 무척 기쁜데, 내 존재는 영란 씨에게 또 다른 힘이 되었다. 우리가 힘든 과정을 거쳐 결혼에 골인하고 더없이 소중한 아이도 둘 낳아 사랑 넘치는 가정을 이루자, 영란 씨가 자신의 삶에 신기한 변화가 생겼다며 나에게 고백한 말이 있다.

"나 이전까지는 솔직히 방송이 재미없었거든. 그런데 이제는 방송이 재미있어. 이제 남의 이야기를 받아주는 게 아니라 내 이야기를 할 게 생겼잖아."

재미를 위한 장치로 이리저리 휘둘리던 패널에서, 가정이라는 중심을 잡고 한 사람의 아내이자 엄마로서 자기 이야기를 하는 사람이 된 것이 연예인 장영란의 행복에도 큰 영향을 준 셈이다.

방송에 비치는 장영란의 모습과
실제 내 모습 사이의 괴리로
무척 힘들었던 시절이 있었다.
그래서 나도 모르게 철벽을 치고 있었던 듯싶다.

하지만 이제는 그 철벽을 과감히 걷어버렸다.
가족의 힘, 사랑의 힘이 나를 그렇게 만들었다.
그 과정의 일등공신은 단연 사랑하는 내 남편 한창 씨다.

2

당나귀 리더십

야생마와
당나귀

＊

나와 영란 씨의 관계를 생각할 때마다 떠오르는 이야기가 있다. 야생마와 당나귀 일화다. 오래전 미국 서부의 농장주들에게는 야생마를 길들이는 게 큰 숙제였다. 평생 자유롭게 초원을 누비던 야생마를 온순하게 길들이는 일은 쉽지 않았지만, 농장주들에게는 요령이 하나 있었다고 한다.

대단한 방법은 아니다. 초원에서 야생마를 찾아 말보다 작은 당나귀와 함께 묶은 후 고삐 없이 풀어주는 게 전부다. 그럼 어떤 일이 벌어질까? 처음에는 힘이 넘치는 야생마가 주도권을 잡고 당나귀를 이리저리

끌고 다닌다. 그리고 무기력하게 끌려오는 당나귀를 달고 어딘가로 유유히 사라진다. 그런데 며칠만 지나면 신기한 일이 벌어진다. 야생마와 당나귀가 농장에 다시 나타나는데, 놀랍게도 앞장선 것은 야생마가 아니라 당나귀다. 야생마는 첫날의 기운은 다 어디 갔는지 얌전히 당나귀의 뒤를 따른다. 그렇게 힘이 빠진 야생마를 농장주는 쉽게 길들인다.

처음에는 언뜻 야생의 힘으로 날뛰던 말에게 당나귀가 휩쓸리는 듯 보이지만, 결국 뚝심을 갖고 인내하는 힘으로 당나귀가 야생마를 이끌어간다는 이야기다. 나는 이 이야기를 처음 들었을 때부터 야생마와 당나귀의 관계가 꼭 나와 영란 씨 같다 싶었다.

젊은 시절, 나는 참 철이 없었다. 주변에 폐도 많이 끼치고 갈등도 잦았다. 큰 사고를 치지는 않았지만, 워낙 주관이 강하고 굽히기를 싫어해 호감을 사는 타입은 아니었다. 돌이켜보면 나는 화가 많았던 것 같다.

한의학에서 '화'는 좋지 않은 감정의 대표로 꼽힌다. 『동의보감』에서도 "일곱 가지 감정이 모두 사람을 상하게 하는데 그중 분노가 가장 심하다"라고 분명히 적혀 있다. "화를 많이 내면 온갖 맥이 고르지 못하게 된다"라는 구절도 있는데, 화를 내면 고요히 흐르던 경맥이 끓어오르고 격동하게 되어 몸의 건강을 해친다는 의미다. 그래서 화를 다스리게 해주는 '치노방治怒方'이라는 처방이 따로 있을 정도다.

영란 씨는 나의 그런 야생마 같은 성격에 반했다고도 하지만, 결혼하고 나서는 그 불같은 성격 때문에 의견 충돌이 잦았고, 싸우기도 많이 싸웠던 게 사실이다. 만약 영란 씨가 나와 똑같이 야생마처럼 날뛰며 나를 잡으려고 했다면, 나는 더 튀어 나가려고 발버둥을 쳤을 것 같다. 하지만 영란 씨는 당나귀의 방식을 택했다.

영란 씨는 가끔 부딪칠 때가 있더라도 내게 끌려와 주거나 가만히 기다리기도 하며 묵묵히 내 곁을 지켜주었다. 영란 씨가 진정 지혜롭다고 느껴지는 부분이 있다. 필요할 때는 야생마 같은 나의 추진력을 앞세워 가정을 꾸리고, 때가 되면 가만히 고삐를 당겨 자신의 페이스로 나를 끌고 가는 것이다.

그렇게 세월을 보내면서 이제는 아내의 등쌀이 무서워서 가정에 충실한 게 아니라, 자연스레 아내 곁이 즐겁고 편안해서 스스로 영란 씨를 따르는 남편이 되어 하루하루를 보내고 있다. 아내가 무섭다며 호들갑을 떠는 유부남 개그는 국적을 불문하고 인기지만, 나는 예외다. 간혹 SNS에 올라오는 우리 부부의 화목한 사진을 보고 의심의 눈길을 보내는 사람도 있다. 하지만 나는 없는 사실을 꾸며내는 것에는 소질이 없다.

사람들의 의심이 달갑지는 않으나, 이해 못 할 것도 아니다. 늘 부드러운 표정을 유지하고 가정에 충실한 내 모습을 보면, 오랜 친구들도 놀라워하며 왜 이렇게 변했느냐고 실없는 농담을 던지기도 한다. 그만큼 확

연히 바뀐 내 모습이 신기하고 재미있어 보이기 때문
일 것이다.

　언제까지나 초원을 거침없이 달릴 것 같던 야생마
도, 마음 한구석에는 편히 몸을 누일 자리를 그리고 있
었는지도 모른다. 야생마 같은 남편을 둔 아내, 혹은
야생마 같은 아내를 둔 남편이라면, 함께 야생마가 되
어 힘 싸움을 벌이는 대신 당나귀가 되어보면 어떨까.
종국에 야생마를 길들이는 건 당나귀니까 말이다.

나는 가끔 생각한다.
힘들었던 연예계 생활과 야생마 같던 한창 씨,
그리고 정말 완고하셨던 시부모님을
내가 대체 어떻게 극복하고
마침내 지금의 행복을 누리게 되었을까?

남편은 이렇게 말한다.
장영란의 뚝심과 인내,
그리고 당나귀의 지혜가 있었기에
그 모든 게 가능했다고.

서로의 팬이 되자,
행복한 결혼 생활을 위해

＊

방송에서 시작된 영란 씨와 나의 관계는 연예인과 그를 좋아하는 팬의 관계이기도 하다. 좋아하는 연예인과의 결혼이라니! 로맨스 소설에나 나올 법한 설정인데, 그 비현실적인 것을 나는 현실로 만들었다.

팬이 된다는 건 뭘까? 상대를 항상 사랑과 애정으로 감싸지만, 잘못한 건 잘못이라고 알려주고 '실드' 칠 건 실드 치면서 진정한 행복을 빌어주는 게 팬의 마음이 아닐까 싶다. 내가 영란 씨를 연애 초기부터 오늘까지 한결같이 좋아하는 것도 '팬심'의 영향이 크다. 팬이 된다는 건 참 아름답고 건강한 일이며, 관계를 꽃피우는 최고의 수단이다.

　나는 영란 씨의 개그가 참 좋다. 영란 씨가 나온 방송은 모두 챙겨 보고, 재미있는 방송은 몇 번이고 다시 본다. 영란 씨가 재미있는 멘트를 하는 장면에서는 큰 소리로 웃는다. 일부러 웃어주는 게 아니라 저절로 웃음이 빵 터진다. 어떻게 그런 멘트를 하는지 신기할 정도다. 여기서 중요한 점은 영란 씨가 나왔다고 무조건 웃지는 않는다는 것이다. 대놓고 재미없다고 말하지는 않지만, 웃지 않는 걸로 내 마음을 표현한다. 남편이 아니라 팬으로서 영란 씨의 방송을 보는 것이다. 영란 씨는 그런 나를 슬쩍 보고 "이번 방송은 별로였구나" 하고 눈치챈다. 직접 모니터링을 하지 않는 영란 씨 대신 내가 모니터링을 해주는 셈이다.

　결혼 생활을 하다 보면 남편은 아내가 하루를 어떻게 보냈는지, 아내는 남편이 오늘 뭘 하고 지냈는지 잘 알지 못한다. 뭘 하며 어떻게 하루를 났는지 모르니,

상대가 힘들어하면 '나도 힘든데……'라는 불퉁한 마음부터 든다. 이해하기보다는 내 입장을 내세우기 일쑤다.

다행히 나는 방송에서 아내의 모습을 자주 보기도 하고, 무엇보다 실제로 방송에 출연도 해봤기 때문에 방송 현장에서 영란 씨가 어떤 수고를 하는지 몸으로 느낄 수 있었다. 영란 씨 역시 병원 일을 함께한 덕에 내가 하루 종일 진료하면서 겪는 고충을 이해한다. 우리는 서로에게 진심으로 '고맙다' 혹은 '존경한다'는 말을 자주 한다. 남들은 닭살 돋는다 할지 모르겠으나, 나는 영란 씨에게 정말 고맙고 진정 이 사람을 존경하니 그런 말들이 마음에서 우러나온다.

우리 부부가 가장 자주 주고받는 말이 "수고했어!"다. 수고했다. 부부끼리 주고받기 어색한 말이라고 느낄 수 있지만, 우리 부부에게는 아니다. 한번은 집 밖에서 담배를 피우고 집에 들어오는데 영란 씨가 "수고

했어"라는 말을 건네기에 "담배 피우고 왔는데 나 수
고한 거야?"라며 웃음을 터뜨린 적이 있다. 사실 그러
면서도 그 말에 담긴 진심이 오히려 더 깊게 다가왔던
순간이었다.

배우자의 수고를 당연히 여기지 않는 마음은 참 소
중하다. 모든 부부가 우리처럼 같은 공간에서 일하고
일상을 겹쳐서 보낼 수는 없고 그럴 필요도 없지만, 떨
어져서 하루를 보냈더라도 서로의 일상을 묻고 챙기
며 배우자가 어떤 고충을 겪고 있는지 들어보려는 것
만으로도 충분하다. 다만 영란 씨가 재미없는 멘트를
날리는 방송을 보며 내가 억지로 웃지는 않는 것처럼,
마음에도 없는 빈말을 형식적으로 건네는 건 역효과
다. '이 사람이 뭘 알고 고맙다고 하는 거지?'라는 마음
이 솟아날 수 있으니 말이다. 배우자의 이야기를 듣고
감정을 헤아리려는 노력이 먼저다.

방송 일, 병원 일, 아이들과 남편을 챙기는 일로
정신없이 하루하루를 보내는 나에게
남편은 항상 웃으며 이야기해준다.
"당신 정말 수고했어!"

가장으로서,
병원 원장으로서
매일 최선을 다하는
남편에게
나 역시 웃으며 이야기한다.
"당신도 정말 수고했어.
항상 고마워!"

장영란에게
연예인은 '직업'이다

∗

"연예인들은 놀면서 돈까지 버니 좋겠다."

영란 씨를 만나기 전의 내가 그랬듯, 많은 사람이 무심코 이런 생각을 한다. 특히 요즘 연예인들이 쉬거나 노는 모습을 보여주는 소위 '관찰 예능'이 많다 보니, 그런 방송을 보며 부러워하거나 혀를 차는 사람을 심심치 않게 볼 수 있다.

하지만 옆에서 지켜보기에 영란 씨의 일은 '놀면서 돈도 버는' 쉬운 일이 결코 아니다. 작년 여름만 봐도 그렇다. 20시간 넘게 광고 촬영을 하고, 〈금쪽같은 내 새끼〉에 출연하고, 〈네고왕〉을 찍고, 〈아내의 맛〉을 촬영한 후, 1박 2일 일정으로 지방 촬영까지 다녀왔다. 이 모든 게 일주일 안에 벌어진 일로, 나 같은 사람은 엄두도 못 낼 스케줄이다. 물론 최근에 출연 프로그램이 늘어 촬영 일정이 빡빡해진 이유도 있지만, 영란 씨가 힘든 건 어제오늘 일은 아니다. 지금에 이르기까지 연예인으로서 살아온 과정도 녹록지 않았다.

대학에서 방송연예학을 전공한 영란 씨는 동기들과 마찬가지로 졸업 후에 수많은 오디션과 공채에 지원하며 연예계 편입을 시도했다. 여러 번 고배를 마신 끝에 어느 VJ 콘테스트에서 600 대 1의 경쟁률을 뚫고 2위를 차지해 일간지에까지 나왔다. 그리고 24살의 나이에 엠넷 소속으로 연예계에 데뷔했다. 영란 씨는 '쇼킹 걸'이라는 별명을 달고 거침없는 캐릭터를 앞세워 신화나 god 같은 인기 그룹을 인터뷰하며 끼를 펼치기 시작했다. 25살에 처음 공중파에 출연한 뒤로는 〈한밤의 TV연예〉 같은 방송에서 리포터로 활약하며 꾸준히 모습을 보였다.

그런데 영란 씨는 그 시절 정신없던 날들에 대해 이렇게 회상한다.

"적성에 맞기는 했는데, 한편으로는 허무했어."

자세히 알 수는 없지만, 당시 신인 리포터에 대한 대우는 그다지 좋지 않았던 것 같다. 특히 영란 씨는 매니저도 없어서 더 힘들었으리라. 영란 씨에게 촬영은 의상 준비부터 화장, 운전까지 모든 걸 혼자 해내야 하는 고된 일정의 연속이었다. 심지어 그렇게 하루 종일 고생해도 합당한 출연료가 돌아오지 않을 때가 많았다. 열심히 해도 적절한 보상이 뒤따르지 않으니, 자신이 꿈꾸는 길이 이 길이 맞는지 고민이 많을 수밖에 없었다. 매니저가 없어 출연료 협상도 어려웠고, 몇 개월씩 지급이 밀려도 호소할 방법이 없었다. 그저 PD들에게 불러주셔서 감사하다는 말만 반복하며, 20분짜리 인터뷰를 위해 새벽부터 방송국 차를 빌려 타고 지방에 내려가 온종일 대기하다가 저녁때 올라오는 버거운 스케줄을 묵묵히 소화할 뿐이었다.

고생스러운 점은 이뿐만이 아니었다. 잘 알려졌다시피 아내는 애드리브의 황제다. 영란 씨가 방송에서 만든 재미있는 장면은 대부분 영란 씨의 번뜩이는 재치에서 나온 것이지, 대본에 적힌 대로 해서 웃음을 자아낸 경우는 많지 않다. 그런데 뛰어난 애드리브 재능에 비해 영란 씨의 기억력은 썩 좋은 편이 아니었고, 이 점은 방송 리포터를 할 때 큰 걸림돌로 작용했다.

영란 씨는 정해진 대본을 그대로 읽는 방식을 힘들어했다. 요즘은 방송 시설이 좋아져 스튜디오의 프롬프터를 보면서 말을 할 수 있지만, 그 시절에는 외우는 것밖에는 방법이 없었다. 연극을 할 때는 장면과 맥락에 맞는 대사를 읊으며 연기를 펼치니 그런 어려움을 몰랐지만, 리포터는 오로지 정보만을 전달해야 하는 사람이기에 각본대로 인터뷰를 진행하고 리포트를 해야 한다. 그런데 앞뒤 맥락이 없이 내용만 외우는 일은 영란 씨에게 상당한 난관이었다. 때문에 신입 리포터 티를 벗기가 쉽지 않았고, 고된 일정 속에 인터뷰를 하러 가면 매니저에게조차 홀대받는 일이 다반사였다.

이런 험난한 연예계 생활 속에서 장영란의 진가를 알아보고 말 한마디라도 그녀를 위로해준 사람들을 영란 씨는 빠짐없이 기억하고 있다. 〈아빠의 도전〉이라는 프로그램에 출연할 때, 영란 씨가 평범한 가장을 만나 인터뷰하는데, 간단한 내용을 암기하지 못해 50번 가까이 NG를 낸 적이 있었다. 그런데 함께 출연한 명MC 임성훈 씨는 영란 씨가 아무리 실수해도 싫은 내색 한 번 없이 잘 해낼 때까지 기다려주었다고 한다. 참으로 인자한 분이 아닐 수 없다. 아내는 아직도 임성훈 선생님께 깊은 감사의 마음을 가지고 있다.

큰 인기를 끌었던 예능프로그램 〈X맨〉에 출연할 때

도 영란 씨를 이끌어준 인물이 있었다. 매니저 없이 혼자 메이크업을 고치며 주눅 들어 있던 영란 씨에게, 그 당시에도 이미 톱스타였던 유재석 씨가 다가와 잘하고 있다며 격려해준 것이다. 거의 20년 전 일인데, 지금도 유재석 씨는 한결같이 수많은 후배들에게 격려와 응원을 아끼지 않는 것으로 유명하다.

또, 영란 씨를 수식하는 대표적인 별명 '인간 비타민'을 처음 붙여준 분도 영란 씨가 늘 감사하는 분이다. 바로 〈한밤의 TV연예〉 PD님이시다. PD님은 방송 멘트에 대해 세심히 알려주며 아내를 챙겨주었고, 영란 씨만 보면 즐겁고 기운이 난다며 그 느낌 그대로 '인간 비타민'이라고 불러주기까지 했다.

이런 고마운 분들이 있는 반면, 영란 씨를 힘들게 했던 사람들도 있었다. 남들보다 힘차게 발산되는 영란 씨의 에너지를 부담스러워하는 사람이 생겨난 것이다. 몇몇은 영란 씨의 넘치는 에너지와 밝은 성격이 인위적이라고 생각해 선을 긋기도 했다. 튀어 보이려고 일부러 과장된 행동을 한다는 오해 때문이었다. 영란 씨는 내면에 가지고 있는 캐릭터를 진실하게 표현한 것뿐이었지만, 그런 오해가 커져 한동안 특정 방송국 출연이 어려웠던 시절까지 있었다.

그때 영란 씨는 남들은 다 잘하는 것 같은 멘트 외우는 일이 너무 힘들고 미래마저 불안해, 울고 싶은 마음으로 방송국을 드나들 때가 많았다고 한다. 그 와중에 나와 결혼을 앞두고 우리 집안과 격렬한 갈등까지 겪은 것이다. 자신의 직업이 큰 걸림돌이 되자, 영란 씨는 연예인으로 사는 것이 싫어질 정도로 후회 가득한 시간을 보내야 했다.

나는 영란 씨의 지난 이야기를 들으면서 물었다.

"아니, 그렇게 힘들면 그만두지, 왜 연예인 했어?"

그러자 영란 씨는 이런 말을 하는 내가 이상하다는 듯 반문했다.

"왜 했느냐니? 나는 그게 일이고 직업이잖아. 돈 벌어야 해서 한 거지."

우문현답이다. 방송에서는 발랄한 모습으로만 등장했지만, 뒤로는 많은 눈물과 한숨을 지으면서도 영란 씨가 끝까지 포기하지 않은 이유는 그것이 자신의 직업이었기 때문이다. 그리고 영란 씨는 이런 말을 덧붙였다. 이전보다 방송을 즐길 수 있게 된 이유 중 하나가 바로 나와 결혼해서라고. 전에는 영란 씨 혼자 가정경제를 온전히 책임져야 했기에 돈을 벌어야 한다는 압박이 심했다. 하지만 나와 공동으로 생계를 책임지고 있는 지금은 부담을 내려놓고 즐기면서 방송을 하게 된 것이다.

나는 의사라는 직업에 감사하며 하루하루 즐겁게

일하려고 노력하지만, 때로는 그저 직업이기에 버티고 감당하며 일상을 보내기도 한다. 오늘을 살아가는 수많은 직업인들은 다 같은 마음일 것이다. 힘들고 고된 나날을 보내면서도 꿋꿋하게 버텨온 영란 씨 역시 그랬다.

성인으로서 내 한 몸 건사하고 가정을 지켜내며,
사회에서 제 역할을 다해야 한다는 책임감.
나 장영란이 연예인으로서
예나 지금이나 간직하고 있는 이 마음은,
보통의 직장인이 고된 몸을 이끌고
월요일 출근길에 나서는
그 심정과 똑같은 게 아닐까 싶다.

진정성의
힘

*

영란 씨는 연예인 생활이 고되고 허무했을 때도, 지금처럼 즐겁고 마음이 편할 때도 늘 진심을 다했다. 그런 영란 씨에게 쏟아지는 대중의 응원과 사랑은 엄청난 힘이 됐다. 영란 씨가 대중에게 가장 뜨거운 응원을 받았던 순간은 역시 유튜브 콘텐츠 〈네고왕〉에 출연했을 때일 것이다. 그때 영란 씨에게 열광하는 팬들을 보며, 나는 장영란의 삶이야말로 한 편의 영화라는 생각을 했다.

〈네고왕〉은 출연자가 직접 기업을 찾아가 담당자를 만나, 물건 가격을 '네고'해서 할인을 비롯해 소비자를 위한 다양한 이벤트를 이끌어내는 유튜브 콘텐츠다. 첫 시즌에 그룹 '제국의 아이들'의 멤버이자 인기 연예 인인 광희 씨가 출연하며 대단한 화제를 모았다. 그래 서 영란 씨가 〈네고왕〉의 두 번째 MC를 맡는다는 소 식이 전해졌을 때, 많은 사람이 반신반의했다. 워낙 인 기가 많은 방송이었기에 영란 씨 본인도 부담을 안고 출발할 수밖에 없었다. 그러나 장영란이 누구인가. 애 드리브에 강하고 누구와도 스스럼없이 소통하는 인간 비타민이다. 그런 영란 씨의 스타일은 유튜브와 찰떡 궁합이었고, 〈네고왕〉과 영란 씨는 함께 빛을 발했다.

〈네고왕〉에서 영란 씨는 일반 시민이나 기업 담당자 와 자연스레 말을 주고받으며 분위기를 이끌었다. 매 회 개성 넘치는 의상을 준비하며 자기만의 스타일을 만들어간 것도 화제가 되었다. 결과는 대성공. 영란 씨 가 출연한 〈네고왕 2〉는 매회 200만 뷰를 넘나드는 조 회 수를 기록하며 이전 시즌의 명성을 그대로 이어갔 다. 나는 영란 씨가 나온 프로그램을 모두 좋아하지만,

〈네고왕〉은 10번은 더 봤는데도 볼 때마다 깔깔 웃을 정도로 특별히 더 재미있었다.

본격적인 유튜브 출연이 처음이었던 영란 씨는 빡빡한 방송 일정 속에서도 최선을 다했다. 15분짜리 짧은 영상인데도 촬영은 9시간이 넘게 진행되었다. 영란 씨는 그렇게 촬영하고 와서도 집안일과 아이들 챙기는 것에 소홀함이 없었다. 그 모습을 보며 나는 '대체 저 사람의 에너지는 어디서 나오는 걸까' 하며 감탄을 금할 수 없었다.

〈네고왕〉 마지막 편은 제작진이 영란 씨 사진 수백 장으로 만든 포토 모자이크를 선물하며 마무리되었다. 영란 씨는 감동의 눈물을 흘렸고, 제작진도 울고, 시청자인 나도 울컥하는 마음에 조금 훌쩍였다. 대중의 반응도 뭉클했다. 9천 개에 달하는 댓글이 달렸는데, 한참을 내려봐도 악플은 찾아볼 수 없었다. 대부분 다음 시즌에도 장영란이 출연했으면 좋겠다는 바람과 진심 어린 눈물에 감동했다는 내용이었다.

영란 씨의 무엇이 사람들의 마음을 움직인 것일까? 수많은 정보와 다양성이 범람하는 시대에, 사람들은 오히려 근본과 진실을 더욱 갈망한다. 영란 씨가 프로그램을 매끄럽고 재미있게 잘 진행한 덕도 있겠지만, 사람들은 영란 씨의 삶 자체에 더욱 매료되었다. 방송의 재미를 위해 비호감 이미지를 만들고, 철저한 조연으로 바닥부터 방송 생활을 이어나가다 40대의 나이에 전성기를 맞이한 영란 씨의 모습은, 아직 조명을 받지 않아 스스로 사회의 조연이라 생각하는 수많은 이에게 공감과 희망을 주기에 충분했다.

나는 그런 영란 씨를 보며 '숙지황熟地黃'이 떠올랐다. 숙지황은 '생지황生地黃'이라는 약재로 만드는데, 현삼과玄蔘科의 여러해살이풀인 '지황'이라는 약재를 그대로 채취한 날것이 생지황이고, 이 생지황을 시루에 넣고 쪘다 말리기를 총 9회 반복하면 숙지황이 완성된다. 생지황은 성질이 차갑지만 숙지황은 따뜻해서 보약이 된다. 특히 허약증을 보하는 데 으뜸으로 친다. 생지황이 숙지황이 되기 위해서는 찌고 말리는 성숙의 과정이 필수다. 한 번으로는 어림없고, 다섯 번 찌고 말려도 그저 반쪽짜리일 뿐이다. 아홉 번의 과정을 모두 견뎌야 진품 숙지황이 되는 것이다.

영란 씨는 온갖 과정을 거치고 거쳐 숙지황 같은 사람으로 오늘의 자리에 섰다. 〈네고왕〉 마지막 편에서 영란 씨는 말한다. 그저 직업인으로 방송 생활을 이어오다, 이제는 나이 들고 가정도 생겨 쉬어가려고 했었다고. 그러나 이번 기회를 통해 아직 가야 할 길이 많이 남았음을 알게 되었다고.

고된 시련을 거쳤는데도 아직 조연인 것만 같다면, 아홉 번의 성숙 과정이 끝나지 않은 거라고 생각하자. 어쩌면 지금 여덟 번의 성숙 과정을 완수하고 숙지황이 되기까지 딱 한 걸음 남았는지도 모른다.

<네고왕>을 통해 보여드린 나 장영란의 진심이
흘러가는 청춘에 꿈조차 희미해진 중장년 여러분께
새로운 희망의 메시지가 되었기를!

야무지고 단단한
당나귀 리더십

*

나와 영란 씨는 한때 유튜브 채널을 만들어 함께 사람들과 소통했던 적이 있다(지금은 우리 병원의 유튜브 채널이 되었다). 그 채널에 올렸던 영상은 누가 만들었을까? 유튜브 전문 편집자의 손길은 아니었다. 부부 채널이었던 시기부터 지금의 병원 채널까지, 우리의 유튜브 담당자는 영란 씨의 매니저였던 친구다. 편집 기술이 있고 인성도 좋으니 일을 맡겨보자는 영란 씨의 적극적인 추천에 나도 흔쾌히 수락했다. 그리고 그 믿음에 화답하듯 그 친구는 지금까지도 일을 매우 잘해내고 있다.

장영란의 리더십은 '사람에 대한 믿음'으로 요약된다. 자기와 좋은 인연을 맺은 사람을 어떻게 해서든 밀어주고 자연스럽게 자기 사람으로 만든다. 새로운 일을 함께할 사람을 찾을 때도 일면식 없는 외부인보다는 주변 사람 중에서 연이 닿는 사람을 택한다. 스스로 만들어온 탄탄한 인간관계 안에서 일하는 것이 영란 씨 스타일이다. 영란 씨는 자기 계약금을 깎고 함께 일하는 스태프들의 임금을 올려줄 정도로 사람들을 위하는 데 진심이다. 그래서인지 주변에 영란 씨를 은인으로 생각하는 사람이 많다. 그리고 그런 마음이 다시 일에 대한 열의와 정성으로 돌아와 성과가 올라간다. 이런 선순환 구조가 영란 씨가 만들어가는 세상의 작동 원리다. 영란 씨가 사람을 구할 때 따지는 요소는 첫째도 진정성, 둘째도 진정성이다.

"능력이 좀 부족하다면 같이 열심히 채워나가거나, 내가 한 발 더 뛰면 되지."

이게 영란 씨의 마인드다. 잘하는 것보다 성실하고 진실하기를 원한다. 매니저들에게도 실수는 괜찮지만 거짓말은 절대 안 된다고 신신당부한다. 나는 '그래도 능력을 먼저 봐야 하지 않나?' 싶어 고개를 갸우뚱한 적도 있다. 그럴 때마다 영란 씨는 씩씩하게 이야기하곤 한다.

"저분들이 못해서 우리가 좀 손해 보면 어때? 다시 같이 으쌰으쌰하면 되지!"

영란 씨가 살아온 삶의 궤적을 더듬어보면 그 단단한 리더십과 당나귀다운 끈기도 이해할 만하다. 장영란을 지탱해준 인생의 동력이 바로 사람 됨됨이에 기반을 둔 믿음이었다. 또 스스로 행복한 방송을 하며 울림을 주는 주연이 될 때까지, 영란 씨는 인내심 있게 20년을 기다려왔다. 그런 가치관을 바탕으로 현재의 위치에 올라선 사람이 바로 장영란임을 알기에, 나 또한 영란 씨가 추구하는 방향에 전적으로 동의하고 지지한다.

영란 씨는 어렸을 때부터 대장이었다. 학창 시절 관심사는 장기자랑이나 소풍 가서 부를 노래, 춤에 쏠려 있었고, 남 앞에 서는 것도 워낙 좋아했다. 이런 사람이 대장을 하지 않으면 누가 하겠는가. 학교에서도 응원단장이며 오락부장은 모두 영란 씨 차지였다. 남을 이끌고 앞장서는 배짱은 어린 시절부터 가지고 있던 영란 씨의 재능이 아닐까 싶다. 거기다 오랜 경험에서 우러난 능력인지, 영란 씨는 사람을 다루는 솜씨도 참 뛰어나다. 이른바 '밀당의 고수'다. 직진밖에 모르는 나는 곁에서 보고도 배울 수 없는 기술이다. 영란 씨는 팀을 이끌 때, 직원들을 진심으로 대하며 자기 마음 깊은 곳까지 열어주면서도, 필요할 때는 바싹 조이며 앞으로 달려갈 수 있게 한다.

"당신은 다른 사람에게 자존감을 만들어주는 능력이 있어."

내가 아내에게 했던 이야기다. 사교적인 활동을 따로 하지 않음에도 영란 씨 주위에는 항상 사람이 많은 편이다. 다른 이유가 있지 않다. 영란 씨는 일단 사람의 장점부터 본다. 습관적이라고 볼 수 있을 정도로 자연스럽게 상대의 장점을 찾아 화제로 삼는다. 그런데 그게 가식이 아니라 진심이다. 잠깐의 만남에서도 타인의 이야기를 진실하게 들어주고 호응하면서, 긍정적인 조언을 해주려고 애쓴다. 이런 영란 씨의 진심은 함께 일했던 매니저에게도 빛을 발했다. 성격이 섬세한 탓에 사회생활 하면서 입은 상처가 많고, 학창 시절 왕따 경험까지 있었던 친구였다. 다행히 지금은 영란 씨의 끊임없는 응원에 힘입어 굴지의 자동차 회사 딜러로 새로운 인생을 열어가고 있다. 이런 식으로 영란 씨 주위에는 영란 씨의 긍정 바이러스에 감염되어 자기 인생을 씩씩하게 펼쳐나가는 사람이 참 많다.

물론 가장 큰 수혜자는 당연히 남편인 나다. 아내가 끊임없이 나를 인정하고 믿어주며 기운을 불어넣어

준 덕에, 병원 설립이라는 어마어마한 일에 도전할 수
있었다. 말하자면 내 아내 장영란이 병원을 세운 것이
나 다름없다.

오늘도 나는 병원과 방송국과 우리 집을 오가며
병원 이사로, 연예인으로,
아내이자 엄마로 내 역할에 최선을 다한다.
내가 마땅히 해야 하는 일이지만
아주 가끔은 어깨가 무겁게 느껴질 때도 있다.

하지만 난 지치지 않는다.
내 짐을 나눠 들어주는 사람들이 곁에 있고
그들의 진심을 내가 느낄 수 있으니까.
나는 그들과 함께, 긍정의 힘을 믿으며
앞으로 계속 나아갈 것이다.

3

부모가 된다는 것

엄마가
된다는 것

✳

영란 씨는 나와 연애할 때 소위 '연예인 티'를 내지 않았다. 가끔은 나도 영란 씨가 연예인이라는 사실을 깜빡 잊곤 했다. 그러다 문득 "아, 이 사람은 방송에 나오는 사람이지" 하고 새삼스레 깨달을 때도 있었다. 이렇듯 평소에는 연예인 같지 않은 사람인데, 그런 영란 씨도 화장을 하지 않고는 문밖으로 나가지 않던 시절이 있었다. 내 딴에는 기초화장품 바르고 파우더 몇 번 두드리면 되지 않나 생각했는데, 영란 씨에게 '외출 가능한 화장'은 내가 생각하는 간단한 수준이 아니었다. 외출만이 아니라 집에서 택배를 받거나 외부인이 방문할 때도 맨얼굴로는 대면하는 것을 어려워할 정도였다.

　이런 습관은 결혼 후에도 이어졌다. 한때 영란 씨는 콩나물 한 줌 사러 나가는 일도 나에게 부탁하곤 했다. 내가 고개를 갸우뚱하며 이유를 물으면, "창피하다"라고 속내를 밝혔다. 또한 나는 결혼하고 나서 3년 동안이나 영란 씨의 맨눈을 보지 못했다. 영란 씨는 집안 곳곳에 아이라이너를 놔두고는, 내가 퇴근해서 집에 들어오는 소리가 들리면 곧장 하던 일을 멈추고 아이라인을 그렸다. 나중에는 아예 반영구 문신을 했다. 지금이야 내가 직접 영란 씨의 화장을 지워주기도 할 정도로 편한 사이가 됐지만 말이다.

　영란 씨는 나와 결혼한 뒤로 마음이 많이 안정됐지만, 그래도 연예인이 아닌 인간 장영란으로 누군가 앞에 서는 것을 힘들어했다. 거기다 낯가림까지 하는 성격이라 점점 소심해져 갔다. 그런 사람이 카메라 앞에 서는 세상 누구보다 활발한 사람으로 방방 뛰어다녀야 하니, 어찌 보면 자아가 분리된 삶이었으리라. 그렇게 살아가는 게 인간 장영란은 꽤 힘들었다. 나 역시 영란 씨가 겪는 혼란을 연애하면서 자주 느꼈다. 지금은 상상하기 힘든 모습이지만, 그 당시 영란 씨는 무언가 선택하는 데 어려움을 겪곤 했다. 점심 메뉴 하나도 자기가 원하는 것을 쉽게 말하지 못했다. 영란 씨의 방송 생활에서는 자기주장을 내세우기보다는 남의 의견을 따르고, 내 이야기를 하기보다 남의 이야기를 들으며 맞장구쳐주는 일이 더 중요했다. 그렇게 물에 물 탄 듯 술에 술 탄 듯 넘어가는 일이 반복되다 보니 그게 성격이 된 것이다.

자신이 누구인지 드러내고 표현할 수 없다는 건 얼마나 큰 비극인가. 결국 본인이 극복해야 할 문제였다. 다행히 충분히 극복해낼 수 있는 계기가 찾아왔다. 바로 아이였다. 영란 씨는 아이를 낳고 많이 변했다. 아이가 최우선이 되면서 자신을 내보이는 것에 거침이 없어졌다. 예전과 달리 영란 씨는 준비되지 않은 자신을 드러내는 것도 망설이지 않는다. 아이와 관련된 일이라면 씻지 않은 모습으로도 무작정 달려 나간다. 물론 지금도 아예 신경을 안 쓰는 건 아니지만, 이제는 아이의 과외 선생님이 오셔도 맨얼굴로 맞이하고 택배도 척척 잘 받는다.

아이라는 존재가 주는 선물은 여러 가지지만, 영란 씨는 세상에 한 발자국 더 다가서는 힘을 선물받은 것이나 마찬가지다. 방송인으로 어린 나이부터 사회생활을 하며 천연덕스럽게 대중 앞에 나서는 일을 해왔던 영란 씨의 삶은 자세히 들여다보면 고립된 인생이기도 했다. 오랫동안 누구에게도 자신을 한껏 내보이지 못하고 살아온 것이다.

다행히 아이를 통해 세상과 자연스럽게 소통할 수 있게 되면서, 영란 씨의 삶은 달라졌다. 스스로 행복하고 편안해지자 방송에서 할 수 있는 자신만의 이야기도 많아졌다. 더구나 육아는 모든 부모가 관심을 갖는 소재 아닌가. 출산과 육아를 통해 영란 씨는 육아 방송에 섭외되기 시작했다. 조연이 아닌 주연으로 출연하면서, 영란 씨는 자연스럽게 자신의 사생활과 일을 섞어내는 방법을 배워나갔다. 어느덧 영란 씨는 아이와 관련된 일이 아니어도 자신을 내보이는 데 어려움을 겪지 않게 되었고, 아이 없이 장영란이라는 사람을 그대로 보여주는 것에도 자신감을 찾았다.

이런 변화는 방송인 장영란에게도 좋은 시도였다. 방송과 일상의 경계를 무너뜨리는 게 요즘 방송의 트렌드다. 자신의 삶을 적절하게 드러내면서 사회와 잘 소통하는 방송인이 롱런하는 시대에, 영란 씨는 엄마가 되면서 오랫동안 방송 일을 할 수 있는 중요한 무기까지 얻은 셈이다.

엄마가 된다는 건
완전히 새로운 인생이
시작되는 것이나 다름없었다.
엄마가 된 나는 한층 성숙해졌고,
야생마 같던 남편도 아빠가 되면서 성장했다.
우리는 아이들과 '함께' 자랐다.

군약과 신약,
그리고 사약

*

    한약을 만들 때는 약재와 약재를 배합하는 게 기본
이다. 어떤 약을 만드느냐에 따라 들어가는 약재의 양
에도 차이가 있다. 당연한 얘기다. 콩나물국을 끓여도
양에 따라 들어가는 양념의 비율이 다른데, 사람의 몸
을 다스리는 한약은 더더욱 약재의 비중에 민감할 수
밖에 없다.

    한약을 지을 때는 주재료가 되는 약재가 있고 보조
가 되는 재료도 있다. 주가 되는 약재를 군약君藥, 군약
을 보조하는 약재를 신약臣藥, 신약을 돕는 약재는 사
약使藥이라고 부른다. 군주와 신하, 더 아래의 지방관을

비유해 붙인 이름이다. 재미있는 건 한 가지 약재가 늘 군약으로만 쓰이거나 신약, 사약으로만 쓰이지는 않는다는 점이다. 어떤 약을 만들 때는 군약이던 게 다른 약을 만들 때는 신약이 되기도 하고, 어떤 것은 신약으로만 쓰이다가 특정한 약을 만들 때는 군약의 자리를 당당히 차지하기도 한다.

나는 이러한 약재의 관계도를 그리면서 우리 아이들을 떠올린다. 더없이 소중한 우리 딸 지우와 아들 준우가 태어난 지 벌써 10년이 되어간다. 부족한 부모임에도 아프지 않고 별 사고 없이 쑥쑥 자라는 아이들에게 늘 고마운 마음뿐이다. 건강히 자라는 아이들을 보며 하루하루가 행복한 건 어느 부모나 같은 마음이겠지만, 첫째 지우가 태어나기 전 유산의 슬픔을 겪은 우리는 아이들에게 더욱더 애틋하다. 그때 영란 씨는 자궁 외 임신으로 큰 수술을 해야 했다. 나는 의사로서 그게 얼마나 위험한지 잘 알았기에 더 두려웠지만, 다행히 영란 씨가 수술을 잘 견디고 이겨내주었다. 그런 아픔을 딛고 무사히 아이를 낳았을 때, 나와 영란 씨는 정말 세상 부러운 것이 없었다. 물론 초보 엄마와 아빠로 아이를 길러내며 무수한 시행착오를 겪은 것도 사실이다. 다만 아직도 초보티를 벗지 못한 아빠일지라도 나름의 교육관은 있다. 사람은 난 대로 자라야 하고, 스스로 빛을 발할 수 있는 적절한 자리를 찾아가면 그것으로 충분하다는 것이다.

신약을 아무리 쥐어짜봐야 맞는 자리가 아니라면 그 약재는 결코 군약의 자리를 차지할 수 없다. 마찬가지로 부모의 욕심으로 아이를 재단하지 말아야 한다는 게 아이를 낳기 전부터 내가 가지고 있던 생각이다. 물론 많은 부모가 나와 비슷한 생각을 했을 것이다. 그러나 막상 아이를 키우다 보면 달라지곤 한다. 주위에서는 다 하는데 우리 아이만 안 하면 불안하고, 마냥 놀고만 있는 아이가 혹시 뒤처지지는 않을까 싶어 고민하고, 결국 학원을 보내고 과외를 시키는 게 우리의 풍경인 듯싶다.

이런 풍경은 우리 집도 예외가 아니었다. 그래서인지 영란 씨와 내가 교육관 차이로 충돌한 일이 적지 않다. 자식을 잘 길러내고 싶은 마음이야 누구나 마찬가지지만, 그 방법과 방향은 천차만별이다. 부부의 인연을 맺었어도 서로 배우고 자라온 길이 다른 영란 씨와 나는 아이를 키우는 방식 또한 다를 수밖에 없었다.

나는 아이들에게 억지로 연필을 쥐여주고 막무가내로 책상 앞에 앉힌다고 공부를 잘할 거라 생각하지 않는다. 나부터가 그랬으니까. 첫 대학 입시에 실패하고 재수생이 되기 전까지는 아무리 공부하라고 야단을 맞아도 공부 반, 딴생각 반으로 앉아서 시간만 때울 때가 많았다. "하면 하고, 말면 말자"라는 심보였던 것이다. 다행히 늦게라도 스스로 결심하고 의지를 다졌기에 한의대에 갈 성적이 나온 것이지, 누가 시켜서 그 결과를 냈다고 하기는 어렵다.

그러나 영란 씨는 달랐다. 무엇 하나 열심히 하지 않

는 게 없는 영란 씨가 아이 교육에 소홀할 리 없었다.
영란 씨는 이른바 '열성맘'이었다. 남들에 뒤지지 않게
우수한 학원을 보내고 좋은 선생님을 붙여줘서 어떻
게든 '배움의 기회'를 제공하는 게 엄마의 몫이라 생각
했던 것 같다. 그래서 지우는 네 살 때부터 영어유치원
에 다녔고, 영어만 하면 국어가 뒤처질까 봐 한글 과외
도 따로 했다. 그렇게 지우는 조기교육 받는 어린이로
1년을 살았다. 영란 씨도 어린 준우를 둘러업고 정신
없이 지우를 유치원에 보내며 육아 전쟁을 치르는 걸
기꺼이 감수했다. 나는 영란 씨나 지우가 지치지는 않
을까 걱정하면서도, 아이를 생각하는 영란 씨의 마음
을 누구보다 잘 알기에 가만히 지켜보았다. 그런데 부
부이기에 마음이 통한 걸까. 영란 씨의 변화는 예상보
다 빨리 찾아왔다. 어느 날 영란 씨가 나를 앉혀놓고
말했다. 다음 달부터 지우를 영어유치원에 보내지 않
기로 결심했다고.

"아침에 머리를 예쁘게 땋아서 보내면 들어올 때 머

리가 온통 흐트러져 있어서, 나는 혹시 누가 괴롭히나 물어봤지. 그랬더니 글쎄, 유치원 다니는 게 힘들어서 자기 스스로 머리를 그렇게 했다더라고."

그렇다. 아직 어린 꼬마가 영어만 쓰는 유치원에 다니는 게 얼마나 힘든 일이었겠는가. 나였어도 힘들었을 것 같다. 엉망진창이 된 지우의 머리를 보며 영란 씨는 아이의 행복에 대해 다시 살피게 되었다. 그렇다면 지금 우리 아이들은 어떻게 자라고 있을까? 지우와 준우는 조기교육 극성에 시달리는 일 없이, 지극히 평범한 아이로 하루하루를 보내고 있다. 꼭 필요한 것만 배우게 하고, 나머지는 아이들이 하고 싶은 일로 마음껏 시간을 보낼 수 있게 해주는 게 나와 영란 씨가 택한 방법이다.

이 작은 사건이 일어난 게 가슴 아프면서도 다행이었다고 생각하는 이유가 또 있다. 영란 씨와 내 육아관이 충돌을 빚기 시작했을 때, 내가 고집을 부려 내 방식대로 아이를 키우자고 주장했으면 어땠을까? 지우와 준우의 교육에 관해서는 아마 아이들이 크는 내내 충돌이 있었을지 모른다. 부모가 자녀 교육에 관심을 쏟는 세월은 대략 20년이다. 1년여의 경험과 시행착오로 20년을 나아갈 방향을 확립하게 되었다고 본다면, 그 1년은 아주 값진 기회비용이 된 셈이다.

유명한 말처럼 첫아이를 키울 때는 엄마도 처음이고 아빠도 처음이다. 부모도 배우고 경험하면서 알아가야 한다. 그 과정에서 겪는 시행착오는 당연한 것이며, 동시에 올바른 길을 찾아가는 여정의 한 부분이다. 서로 싸우고 충돌하기보다는 엄마는 처음이라 힘든 아빠를, 아빠는 처음이라 힘든 엄마를 믿고 안아주고 위로해주어야 하는 게 아닌가 싶다. 새벽에 아이가 깰 때 서로 안 일어난다고 화내지 말고, 아이 때문에 저 사람이 깨서 얼마나 힘들까 안쓰러워하는 마음을 부드럽게 표현해보자. 부모가 처음인 우리를 가장 깊이 공감하고 위로해줄 사람은 서로뿐이다.

앞으로도 지우, 준우를 키우면서
많은 시행착오를 겪고
부부 사이에 의견 충돌도 있을 것이다.
하지만 남편과 함께라면 우리는 반드시!
아이들에게 가장 좋은 길을
찾아낼 수 있을 거라 믿는다.

아이를
잘 키우는 비법?

✳

아이를 낳고 키운다는 건 참 대단한 일이다. 세상의 수많은 부모가 아무렇지 않게 해내고 있는 것 같지만, 실은 어마어마한 일들이 벌어지고 있다. 나는 언제부턴가 그런 생각을 한다. 두 아이를 키우도록 내 부모가 나를 키워주신 거고, 부모가 되어서 아이가 생긴 게 아니라 아이를 키우기 위해 부모가 된 거라고.

그래서일까. 영란 씨가 출연하는 인기 프로그램 〈금쪽같은 내 새끼〉는 영란 씨가 나와서만이 아니라, 아이를 키우는 아빠로서도 자주 챙겨보게 된다. 영란 씨도 〈금쪽같은 내 새끼〉에 출연한 뒤로 달라진 게 많다.

영란 씨 스스로도 그 방송을 통해 많이 배운다고 항상 이야기하는데, 가장 크게 바뀐 것이 아이가 아플 때 대처하는 태도다. 아이가 아프면 부모는 당황하면서 병원에 갈 생각부터 한다. 아빠가 의사라 해도, 병원에 가는 게 가장 안전하다고 생각하는 건 영란 씨도 다른 부모와 마찬가지였다.

한번은 이런 일이 있었다. 별일 없는 하루였는데, 갑자기 첫째 아이가 배가 아프다고 데굴데굴 구르기 시작했다. 우리 부부가 방송 일, 병원 일로 한창 바쁠 시기였다. 그래서 장모님이 육아를 도와주시고, 우리는 이틀 동안 아이들을 제대로 살피지 못했다. 배를 만져주면서 달래보아도 나아지기는커녕 가만히 누워 있질 못하고 아파 죽겠다며 난리를 쳤다. 나도 아이 장에 문제가 생겼구나 싶어 덜컥 겁이 났다. 결국 우리는 발을 동동 구르며 가까운 대형 병원 응급실로 아이를 데려갔다. 그런데 온 가족이 난리 법석을 떤 것이 무색하게 진찰 결과는 싱거웠다. 단지 변을 2, 3일 못 봐서 그렇다는 거였다. 아이도 변을 보고 가스를 빼니 바로 좋아졌다. 허탈한 마음으로 멀쩡한 아이의 손을 붙잡고 병원을 나오며, 나는 여러 생각을 했다.

'아픔=병원행'은 무조건 정답일까? 불필요하게 병원에 가면 불필요한 진료가 뒤따른다. 나는 한의사지만 필요하지 않은 과잉 진료는 절대적으로 반대한다. 아이가 아플 때도 마찬가지다. 아이의 병을 부모가 알아채고 적절하게 대응하며 병에 대항할 힘을 키우는 게 훨씬 더 좋은 방법이다. 그날 내가 아이의 아픔을 제대로 헤아리지 못했던 건 며칠 동안 아이를 주의 깊게 살피지 못했기 때문이다. 변을 제대로 못 봤다는 사실만 알았어도 그렇게 허둥거리며 아이를 병원에 데려갈 일은 없었을 테니까.

다른 병도 비슷하다. 많은 병과 증상이 관찰만으로 발견하고 예방할 수 있다. 아이들이 말은 못 해도 손을 쓰고 특정 행동을 보인다. 아이가 자꾸 긁는다면 가려움이 있다는 말이고, 긁는 일이 잦다면 그건 아토피의 시작이다. 이런 점은 순간순간 아이를 살피지 않으면 알 수 없는 사실이다. 아토피는 교통사고처럼 갑자기 찾아오는 게 아니다. 면역에 구멍이 생기면서 발병하고, 긁으면서 상처가 나 딱지가 생기는 과정이 반복되면서 피부 혈관이 두꺼워지면 아토피가 찾아오는 것이다. 그 과정을 알고 하나하나 지켜보면 어느 시점에서든 아토피를 막을 수 있다. 관찰에 따른 꾸준한 데이터 축적이 아이가 평생 앓을지 모를 질환을 막을 수 있다는 것이다.

오은영 박사는 평범하게 지나칠 가족의 일상을 가만히 지켜보다, 누구도 생각하지 못한 포인트를 날카롭게 짚어내 그에 맞는 해결법을 제시하며 뭇 사람들의 존경을 받는다. 그 통찰력은 다른 곳에서 오지 않는다. 그것은 바로 관찰의 힘이다. 나도 매일같이 환자를 관찰하며 살아온 사람으로서 오 박사의 접근법에 100% 동감하는 바이다.

자식을 사랑하지 않는 부모는 없다. 다만 오은영 박사가 늘 지적하는 부분을 마음에 깊이 새겨야 한다.

"사랑만으로는 안 된다. 자녀의 말과 행동을 보며 잘 알아차려야 한다."

<금쪽같은 내 새끼>에 함께 출연하는 오은영 박사님도,
한의사인 남편도 가장 중요하게 꼽는 진료 방법 중 하나는
상대를 면밀히 관찰하는 것이다.

이 방법은 육아에도 똑같이 적용된다.
아이를 잘 키우는 비법? 바로 관찰이다.

4

한의사 한창

공부 잘하는 우리 아이,
한의사를 시켜볼까?

✳

요새 어쩌다 공무원을 하게 된 분들이 많아 '어공'이라는 말이 있다는데, 나도 간혹 '어의'라는 말로 나를 칭하곤 한다. 왕을 돌보는 의사라는 멋진 의미가 아니라 '어쩌다 의사'의 줄임말이다. 나는 한의대를 목표로 수능을 준비한 것도, 오매불망 한의사를 꿈꾸었던 것도 아니었다. 사실 나는 치과대학에 가고 싶었다. 그런데 재수를 하며 열심히 공부해 수능을 치르고 나니 목표치보다 높은 점수가 나왔고, 치과대학보다 합격 점수가 높은 한의대를 선택하게 되었다. 내가 수능을 봤던 2000년은 드라마 〈허준〉이 전국적으로 엄청난 인기를 끌 때였다. 그 영향으로 한의대 입학 점수가 그

전보다 껑충 뛰었다. 어찌 되었든, 결국 나도 점수에 맞춰서 한의대에 진학한 많은 학생 중 하나였을 뿐이었다.

의과대학 공부가 어렵다고들 하지만, 모든 공부가 그렇듯 쉽게 하면 쉽고 어렵게 하면 어렵다. 나는 솔직히 대학 공부가 현업에 큰 영향을 준다고 보지 않는다. 사실을 밝히자면 나는 학창 시절에 공연, 운동, 학술 등 다방면으로 동아리 활동을 여덟 개나 했을 정도로 공부는 뒷전인 학생이었다.

한의대에 진학하면 누구나 거쳐야 할 과정이 궁금한 분들을 위해 간단히 소개하면 이렇다. 한의대는 예과 2년, 본과 4년으로 총 6년 과정이다. 예과에서는 교양에 가까운 학문을 익히고, 본과로 접어들면 본격적으로 생리학이나 약리학과 같은 의술을 배운다. 커리큘럼을 보면 일반적인 의과대학과 별 차이가 없고, 거기에 한의학이 추가된 형태라고 봐도 무방하다.

예과 과정에서는 의술을 배우기에 앞서 한의학의 역사나 개념을 공부한다. 한문이 가득한 원서를 보면서 뜬구름 잡는 듯한 수업을 듣다 보니, 이 시기를 견디지 못해 자퇴하는 친구들도 왕왕 생긴다. 그럴 법도 하다. 처음 배우는 것이 '사서삼경'의 하나이자 그 어렵다는 '주역周易'이나, 오늘이 음력으로 며칠이고 기운이 어떤가 하는 '운기학運氣學'이다. 그러니 의사가 될 꿈에 부풀어 있던 친구들에게는 현실과 동떨어져 있다는 좌절감을 안겨주었을 것이다. 그래서인지 학교에 다니면서도 학문적인 답답함을 느끼는 친구들이 많았다. 의료봉사를 빌미로 학교 바깥에서 침술을 실습하거나, 방학 때 현장에 있는 한의사를 찾아가 따로 침술 과외를 받는 학생들까지 있었다.

그렇게 6년 동안 공부한 후 졸업하고, 국가고시를 거쳐 한의사 면허를 취득하고 나면 여학생들은 바로 병원에 취업하거나 직접 병원을 열기도 하고, 남학생들은 군 문제 때문에 보건소에서 공중보건의로 근무

하는 편이 대부분이다. 보통은 이 방식으로 병역 의무를 다하기에 졸업 전에 군대에 가는 경우는 거의 없다. 나도 27살부터 4년간 인턴과 레지던트 생활을 하고, 31살에 공중보건의로 근무했다. 그 뒤 한방병원에 취업해 오랫동안 환자를 진료하다가 지금에 이르렀다.

이 책을 읽는 분들 중에도 자녀의 진로를 고민하는 분이 많을 것이다. 그중 현재로서는 선망 받는 직업인 의사를 고려하는 분도 있을 터. 그 직업에 몸담고 있는 사람으로서, 한 가지 당부하고 싶은 말이 있다. 일단 해당 업종이 미래에 어떻게 변모할지 그림을 그려보아야 한다. 자녀가 그 직업을 갖게 되는 시기는 지금이 아니라 십수 년 후다. 의학 계열도 최근 빠르게 도입되는 기술화의 흐름에서 비껴갈 수 없다. 기계의 성능은 날이 갈수록 진화하고 있기에, 지금은 의사를 거쳐야 하는 진단의 상당수를 앞으로 기계가 하게 되는 건 당연한 수순이다. 디스크의 경우 이미 기계만으로도 어느 정도 병세를 판독할 수 있는 수준에 도달해 있다.

이런 흐름이 지속되면 결국 의사의 역할은 축소될 것이다. 한의학도 마찬가지다. 한의사라고 하면 가장 먼저 떠오르는 장면이 무엇인가? 환자의 손목을 붙들고 진맥하는 모습이다. 그런데 이 진맥도 기계로 대체하려는 시도가 진행되고 있다. 앞으로는 마치 혈압을 재듯이 가정이나 보건소에서 셀프로 진맥하고 의약품을 처방받는 날이 올 것이다.

사회적으로는 어떨까. 우리나라는 저출산과 지방 소멸이라는 중대한 과제를 안고 있고, 동시에 지방 의료 체계에 관한 문제 제기가 계속되고 있다. 공중보건의를 할 수 있는 젊은 인구가 해마다 줄어드는데, 지방은 특히 이로 인한 문제가 심각하다. 나는 지역 의과대학을 활성화하고, 지역 의과대 출신 청년은 해당 지역에서 의무복무를 하는 식의 정책 구성이 더욱 강해지리라 본다.

다시 말하면, 학교에서 가장 공부를 잘하는 친구들

이 의대를 가고, 그만한 대우를 받으며 의사로 살아가는 현재의 분위기가 유지되지 않을 수 있다는 것이다. 동시에 의사가 되는 문턱이 낮아질 가능성이 크다. 여러 정황으로 볼 때, 의사가 되어 큰돈을 벌고 높은 사회적 지위를 얻겠다는 생각만으로 이 직업을 선택한다면 낭패에 부딪힐 수 있다. 의사가 되기 위해 들인 공에 비해 얻는 결실이 적을 가능성이 크고, 사회적 지위도 예전 같지 않을 것이다.

그러면 어떤 목표를 두고 의사가 되어야 할까? 정답은 없다. 이윤 추구는 사람의 당연하고 자연스러운 본성이다. 그것 자체를 부인해서는 안 된다. 하지만 이윤 추구보다 더 중요한 가치부터 집중해야 한다.

병원과 의사마다 스타일의 차이가 있다. 희망을 주는 의사가 있다면, 최악을 이야기하고 그 공포심을 이용하는 의사도 있다. 내 스타일은 가능한 한 최소의 비용과 수고로 환자가 병을 다스릴 수 있게 돕는 쪽이다.

이 병원 저 병원을 돌아다녀도, 병이라는 것 자체가 한 번 얻으면 완벽하게 낫기 어렵다. 내 진료 철학은 환자가 이전보다 상태가 나아졌다는 좋은 기억을 가지고 다시 한번 나를 찾을 수 있도록 만드는, 서로 상생하는 신뢰를 형성해야 한다는 것이다. 이른바 동네 주치의 같은 역할을 할 수 있다면 가장 좋지 않을까 싶다.

앞으로 의사는 공부만 잘하는 똑똑이 스타일로는 살아남기 쉽지 않다. 의술은 어찌 보면 대단한 게 아닐 수도 있다. 어떤 의사만 특별히 가진 의술이나 의약은 존재하지 않는다. 다 비슷한 기술을 동원하고, 똑같은 약을 쓰는 와중에 환자를 얼마나 더 꼼꼼하게 들여다보고 살피는가의 차이만 있을 뿐이다. 실제로 이런 미래는 조금씩 가까워지고 있다. 한의사 모임에 나가 살펴보면, 높은 매출을 올리고 많은 환자를 만나는 의사는 명문대 출신이나 학창 시절 성적이 우수했던 사람이 아니다. 오히려 성적은 그저 그랬어도, 이 직업에 어울리는 품성을 갖춘 이들이 훌륭한 의사로 자리 잡는다. 특히 지금은 소통의 시대다. 의사가 입이 무거워서는 안 된다. 나는 추나요법 하나를 하더라도 기계에 환자를 올려놓고 교정을 하는 게 전부가 아니라, 아픈 근육들의 포인트를 짚고 설명하면서 진료를 한다. 그러면 환자도 왜 이런 치료를 받는지 이해하고, 앞으로 어떻게 진료를 받아야 할지 고민해볼 수 있다.

이런 특성은 앞으로 더욱 강조되어, 기계와의 경쟁에서 사람만이 제공할 수 있는 친화력, 예의, 소통 능력, 융통성, 따뜻함을 가진 의사를 사람들은 찾을 것이다. 물론 끈기와 노력, 지속적인 공부 역시 의사에게 꼭 필요한 조건이다. 그러나 좋은 성적만 가지고 돈과 명예, 지위까지 얻기 위해 의사가 되고 싶다면, 다시 한번 진지한 고민을 거쳐보기를 권한다.

부디 의술이 갖는 본질을 잘 이해해,
단순히 성적이나 경제적 이유가 아닌,
본인 적성과 성격, 그리고 가치관이 맞아
의사의 길을 걷는 사람이 늘어나길 바란다.

치열했던
병원 생활

＊

전문직이라고 해도, 의사도 조직에 들어가면 조직 생활을 해야 한다. 여느 회사원과 똑같다. 나도 병원에서 조직 생활을 했지만, 사실 잘 해냈다는 뿌듯한 마음이 들지는 않는다. 내가 일했던 한방병원의 일반적인 승진 과정은 이렇다. 처음에는 진료원장과 과장으로 시작해, 수련부를 담당하는 교육원장으로 진급한다. 그러다 좋은 성과를 내면 센터장을 맡으면서 병원 한 층의 간호부와 진료부를 통솔하는 역할을 한다. 그 자리에서 더 승진하면 진료부 전체를 아우르는 의무원장이 되었다가, 마침내 분원의 병원장이 된다.

　나도 처음에는 평원장으로 병원에 들어가 신경정신과 과장으로 일하면서 수련부를 관리했고, 2018년에는 센터장의 자리에 올랐다. 센터장은 과장보다 책임이 크고 어려운 직책이다. 과장과 달리 간호사와도 소통해야 하기 때문이다. 의사이기에 진료에만 집중할 수 있다면 좋겠으나, 병원의 방침을 따라야 했다. 모든 사회생활이 그렇듯, 직장 생활은 여러 면에서 수월하지 않았다.

　당시 동료 의사들의 시선으로 보자면 나는 튀는 존재일 수밖에 없었다. 방송 출연을 하면서 인지도가 높아졌고, 그만큼 나를 찾는 환자도 많아졌다. 병원에서 특별히 나를 '골라서' 방송에 내보낸 것은 아니었다. 그러나 동료 의사들 입장에서는 마치 나만 이 병원의 얼굴처럼 등장하는 게 곱게 보이지는 않았을 것이다. 특히 내가 일했던 병원은 급여 체계가 철저한 인센티브제였기 때문에, 다른 의사보다 두세 배의 환자를 진료하며 그만한 급여를 받아 가는 나에 대한 견제는 피할 수 없는 일이었다.

물론 나는 환자들이 나를 찾고 내가 좋은 성과를 올린 것이 방송 출연 덕이라고 생각하지 않는다. 내 나름의 노력과 환자에 대한 성의로 얻은 결과였다. 거기다 당시 나는 병원에서 기피하는 관절 분야를 맡았기에, 더더욱 남들보다 월등한 매출을 낸 것이었다. 하지만 모두가 내 입장을 헤아릴 수는 없었는지, 병원장님이 뒤를 밀어준다는 둥 근거 없는 소문까지 돌아 무척 곤란하기도 했다. 그런 시기와 맞물려 나를 힘들게 한 몇 가지 사건이 벌어졌다.

한번은 한 환자가 자동차 사고로 입원을 원해서 그렇게 조치를 해줬더니, 밤중에 외출을 하고 돌아온 일이 있었다. 그런데 자동차 보험의 적용을 받는 환자는 외출 금지가 규정이기 때문에, 그 환자를 강제로 퇴원시킬 수밖에 없었다. 그런데 그 환자가 퇴원 후 내가 유명인의 남편이라는 걸 알고 어떻게 해볼 생각이었는지, 진료실에서 환자를 보고 있는데 무턱대고 들이닥쳐 욕설을 퍼붓는 것이었다. 갑자기 그런 일을 당하니 나도 화가 났다. 똑같이 욕설을 한 것은 아니었지만, "여기서 이러시면 정신병원에 가셔야 한다"라는 식으로 강경하게 대응했다. 그런데 그런 내 모습을 누군가 촬영했고, 그 사실이 병원장님의 귀에까지 들어가고 말았다.

비슷한 시기에 이런 일도 있었다. 내 지인이 우리 병원에서 공진단을 사려고 해서 내가 도와준 적이 있다. 그러다 공진단을 싸서 갈 보자기가 없어 직원들에게 보자기를 구해달라는 부탁을 했다. 그런데 그 일이 어떻게 보고된 건지, 병원장님으로부터 내가 센터장 직위를 남용한다는 경고를 받았다. 당황스러운 마음뿐이었다.

지금도 나는 이 두 가지 사건이 처벌을 받을 정도로 심각한 사안은 아니라고 생각하는데, 그 일 이후 나는 센터장에서 평원장으로 강등되고 말았다. 속이 상했으나 어쩔 도리가 없었다. 애초에 병원 생활에서 권력에 대한 욕심을 가져본 적이 없었기에, 직위가 낮아졌다고 큰 상실감이 들지는 않았다. 다만 직위란 것은 어느 회사나 그렇듯이 내 성과에 대한 인정으로, 열심히 하다 보면 주어지는 것이라 생각했다. 그런데 성과와 관련 없이 전혀 다른 요소로 인해 그 인정이 모두 물거품이 되니, 사회생활에 회의감이 들었다.

그렇게 8개월 정도 평원장으로 지내면서 나는 다시 좋은 성과를 냈다. 그랬더니 나를 다시 센터장으로 승진시켜야 한다는 이야기가 나왔다. 하지만 나는 내 존재를 끊임없이 흔드는 병원 생활에 이미 깊은 피로감을 느끼던 차였고, 남에게 맞추는 생활을 하며 자리를 보전하는 데 급급하기보다 내가 좋아하는 걸 해야겠다는 결심을 굳힌 뒤였다. 영란 씨와 깊이 상의한 끝에, 마침내 병원 개업이라는 큰 꿈을 실현하게 되었다.

사실 이런 과정이 누군가에게는 사회적으로 그럴듯한 직업을 가진 사람의 철없는 푸념으로 들릴지도 모른다. 그럼에도 내가 하고 싶은 말은, 환자에게 가장 바람직한 것은 의사가 진료에 집중할 수 있는 상황이라는 점이다. 외적인 요인으로 의사 본연의 역할에 지장을 주는 분위기는 병원에서 사라져야 한다는 생각은 지금도 변함이 없다.

병원 생활, 조직 생활을 잘 모르는 내 눈에도
남편의 월급 의사 시절은 참 힘들어 보였다.
환자를 진료하는 일이 아니라
다른 부분에서 문제가 불거지니 더욱 그러했을 것이다.

그런데 남편은 그 몇 년의 경험이
지금 병원장으로서 조직을 이끌어가는 데
많은 도움이 된다고 한다.
우리 병원에서 함께 일하는 의사들의 마음을
잘 이해할 수 있고,
잘 갖춰진 시스템 안에서 수련해왔기 때문에
자신만의 진료법을 정리할 수 있었다고.

그때의 경험을 잘 살려 더 좋은 의사이자 원장으로
우리 병원을 이끌어가겠다고,
내 남편 한창 원장님은 오늘도 다짐한다.

공부는
끝이 없다

✳

지금은 나만의 병원을 세워 최고책임자로서 병원을 운영하고 있지만, 그래도 아직은 다른 병원에서 월급 받는 의사로서 일했던 기간이 더 길다. 앞 장에서 영란 씨의 목소리를 빌려 이야기했듯, 그 시기에 얻은 깨달음은 내 병원을 운영하는 지금 아주 중요하게 작용하고 있다. 월급 받는 의사로 살았을 때 얻은 또 하나의 배움은 '공부는 끝이 없다'라는 것이다.

의사도 병원에 취업하면 여느 직장인과 다를 바 없다. 다행히 나는 몇 가지 인연과 행운, 그리고 영란 씨의 도움 덕분에 좋은 출발점에 섰었다. 똑같이 월급 받는 의사이기는 했지만, 큰 한방병원의 본원에서 의사 생활을 시작하게 된 것이었다. 하지만 굴러온 돌인 내가 처음부터 병원에서 좋은 대우를 받기를 기대할 수는 없었다.

의사가 환자를 진료할 때는 초진 환자를 얼마나 만나느냐가 중요하다. 초진 환자가 계속해서 나에게 진료받는다면 실적으로 이어질 확률이 높기 때문이다. 병원 입사 초기, 나에게 배당된 초진 환자는 '염좌성 환자'였다. 염좌는 손목이나 발목을 삐끗했을 때의 증상을 말하는데, 사실 진료가 까다로워 의사들이 선호하지 않는 편이다. 신입 의사인 나에게 주어진 일종의 시험대이자 관문이었다. 염좌성 환자들을 돌보며 그럭저럭 1년을 보내고 나니, 이번에는 또 다른 시험이 시작되었다.

내가 일했던 병원은 허리와 어깨, 무릎, 목 등에 생긴 질병을 잘 다루는 것으로 유명했다. 그런데 척추와 관련된 디스크에 비해 관절을 고치는 것은 상대적으로 까다롭다. 디스크는 거의 완벽에 가깝게 프로세스가 짜여 있고, 증상이 확인되면 그 프로세스에 따라 진료 방향을 잡으면 되니 진료 자체는 어려운 게 없었다. 하지만 관절 분야는 그렇지 않았다. 회전근개 파열이든 연골판 파열이든, 어떤 방향으로 치료해야 하는지 프로세스가 잡혀 있지 않아 온전히 의사의 역량으로 진료해야 했다. 의료 기술이 부족해서라기보다는 관절 환자를 완전히 회복시키는 것 자체가 어려운 까닭이다. 그러다 보니 병원 의사들도 척추와 관련해서는 MRI 결과를 보고 상태를 척척 설명해줄 수준이 되지만, 관절은 MRI 사진을 봐도 해석이 어렵고 진단영상과의 도움을 받아야 할 때가 잦다. 자연히 진료 기간도 길어진다. 이런 이유로 의사들이 기피하는 분야이지만 환자들은 꾸준히 찾아오기에, 누군가는 관절 환자를 담당해야 했다.

입사 초기의 시험대를 막 통과했을 때, 병원장님이

나와 면담하는 자리에서 이렇게 말씀하셨다. "다른 의사들이 관절을 안 보겠다는데 어떻게 해야겠니?" 나는 그 질문인지 제안인지 모를 한탄 섞인 말씀을 얼떨결에 덥석 물었다. 결국 자청 반 강요 반으로 관절을 진료하는 의사가 되었다. 맡겠다고는 했지만 사실 그 시절 나는 관절 진료에 대한 경험이 턱없이 부족했다. 당연히 처음에는 헤맬 수밖에 없었다. 물론 관절 치료에도 기본 매뉴얼은 있었다. 아프면 소염 작용을 하는 약침을 넣은 침을 놓고, 관절에 도움이 되는 '관절고'라는 약을 처방하는 것이었다. 그런데 나는 단지 그 방법이라면 굳이 한의원을 찾을 이유가 있을까 하는 의문에서 벗어날 수 없었다. 의사 자신도 납득할 수 없는 의료는 의미가 없다.

　게다가 나 역시 다른 의사들과 마찬가지로 MRI 사진으로 척추 쪽은 볼 줄 알지만 관절에 대해서는 아는 바가 거의 없어, MRI 결과를 활용한 치료도 기대하기 어려운 상황이었다. 어찌어찌 MRI 사진을 보면서 관절을 이해하려고 해도 의문투성이였다. 똑같이 회전근이 파열된 두 환자로 예를 들어보겠다. MRI 사진을 봤을 때 한 환자는 완전 파열인데도 어깨를 움직일 수 있는 반면, 다른 환자는 전혀 움직이지 못했다. 그 차이가 어디서 오는 건지 파악되지가 않았다. 내가 MRI 결과를 해석할 줄 몰라 영상과에 전화하고 환자를 기다리게 하는 것도 너무 부끄러웠다. 의사는 환자를 낫게 하는 게 성과인데, 그 시기에 나는 한참을 헤매느라 한동안 성과가 좋지 않았다. 이대로는 안 되겠다는 걱정에 밤잠을 설칠 정도였다. 심지어 어떤 환자는 3개월 동안 나에게 진료를 받았는데 낫지 않는다며 의료중재위원회에 중재 요청을 올리기까지 했다.

뭔가 방법을 찾아야 했다. 그날부터 나는 차를 몰아 출퇴근하는 것을 그만두었다. 버스를 타고 다니며 외국 MRI 사례를 읽어주는 유튜브 영상을 보고 공부하기 위해서였다. 그렇게 해서 MRI 결과로 관절 증상을 파악하는 법을 점차 습득했다. 병원에서는 틈틈이 물리치료실을 찾아갔다. 환자가 물리치료나 도수치료를 받고 낫는 부분이 있다면 이유가 있으리라 생각했기 때문이다. 그래서 물리치료실 팀장님과 관절 환자를 대하는 법에 대해 토론하며 배워나갔다. 의사로서의 자존심 같은 건 전혀 중요하지 않았다. 나보다 물리치료를 더 잘 아는 전문가이니, 내가 팀장님에게서 배우는 게 당연하다는 생각뿐이었다. 이 분야의 선진국인 미국 정형외과학회 AAOS^{American Academy of Orthopaedic Surgeons}의 가이드도 수시로 참고했다. AAOS는 우리나라의 유명 정형외과들이 그 의료 지침을 준수할 만큼 가장 검증된 정형외과학회다.

그러면서 조금씩 관절에 대한 시야가 트이기 시작했다. 무조건 MRI부터 찍을 필요도 없다는 걸 알게 됐고, 관절과 근육의 원리를 바탕으로 환자에게 증상이 생긴 원인을 설명해주는 게 가능해졌다. 예를 들어, 어깨는 공간이 확보된 상태에서 돌아가야 한다. 그런데 공간이 협소한 상태에서 움직이면서 회전근개가 찢어졌으니, 공간이 좁아진 이유를 찾아야 한다. 또 무릎이라면 회전을 못 하는 관절인데 불필요한 회전력이 가해져 연골판이 찢어졌으니, 다리 근육 상태를 살펴야한다는 식으로 진단의 스펙트럼이 넓어졌다. 더불어 MRI 결과를 해독할 수 있는 능력을 갖추면서 MRI의 필요성에 대해서도 더 정확하게 알게 되었다. 이전까지는 일단 MRI부터 찍어보자는 주의였는데, 점차 증상에 따라 MRI를 찍지 않고 치료하는 경우가 늘어났다. 증상이 발현된 지 몇 주밖에 안 된 환자가 MRI부터 찍어볼 이유가 있을까? 일단 시도할 수 있는 치료를 하면서 추이를 살펴보는 게 상식적으로도 당연한 진단이다.

가장 반응이 좋았던 환자들은 MRI 결과에는 아무 이상이 없는데도 무릎이나 어깨 통증이 계속되는 원인을 찾지 못해 고통받던 분들이었다. 그런 환자들이 나를 통해 통증의 원인을 찾고 어떻게 치료해야 하는지 알게 되니 기뻐할 수밖에 없었다. 진료 프로세스가

잡혀 있지 않다면 최대한 다양한 진료로 병을 잡아야
한다. 잘 모르겠으니 이것도 해보고 저것도 해보는 수
밖에 없는 것이다. 하지만 병증의 원인을 알았다면 얘
기가 다르다. 환자의 요구에 맞춰 가볍게 진료받고 싶
다면 가볍게, 확실하게 진료받고 싶다면 확실하게 접
근하면서 병을 다스릴 수 있다. 비싼 진료비로 고민하
던 환자들에게도 좋은 방식이다.

관절을 더 공부하면서, 기존에 잘 아는 분야라고 생
각했던 디스크에 대한 관점도 바뀌었다. 이전까지는
MRI를 찍어 몇 번과 몇 번 디스크에 문제가 있는지 찾
고, 디스크가 회복될 수 있는 확률을 계산해 주사나 약
처방을 하곤 했다. 하지만 이제는 병원이 제공하는 진
료를 따라야 한다는 가이드를 주는 게 전부가 아니라,
디스크가 왜 생겼는지 추적해 환자가 왜 아픈지를 설
명해주는 재미를 알게 됐다.

약 처방도 마찬가지였다. 틀에 박힌 방식 대신 나만

의 접근이 가능해졌다. 어깨 통증이 성격에서 비롯되었다면 이해가 되는가? 한의학적 관점에서는 충분히 설명 가능한 일이다. 성격이 급하면 몸을 함부로 쓰기 쉽고, 그에 따라 근육의 긴장도가 높아진다. 그렇다면 심정을 다스리는 약이 도움이 될 수 있다. 몸과 마음은 연결되어 있다. 아픈 건 어깨여도 정신과 약을 먹어서 나을 수 있는 것이다. 심지어 술버릇 때문에 어깨가 아플 수도 있다. TV조선의 〈아내의 맛〉이라는 프로그램에서 배우 이필모 씨를 진단한 적이 있었는데, 이필모 씨는 어깨 통증으로 상당히 고생하고 있었다. 알고 봤더니 술을 마신 후 나쁜 자세로 새우잠을 잔 것이 어깨 통증으로 이어진 사례였다. 그렇다면 가장 시급한 건 어깨 수술이 아니라, 술을 줄이거나 바른 자세로 잘 자는 게 아닐까?

많은 연구와 노력을 통해 내 진료 수준을 올려놓고 보니, 환자와 올바로 소통하지도 않고 내 방식을 고집하던 과거의 내 모습이 새삼 부끄러워졌다. 불과 1년

사이에 나타난 변화이자 큰 발전이었다. 이렇듯 자신의 치료 프로세스를 점차 발전시켜 나가는 게 의사의 본분이다. 과거의 나를 떠올릴 때 부끄러움을 느낄 수 있어야 한발 더 나아간 내일의 나를 기대할 수 있지 않을까? 나는 의사라면 적어도 2, 3년 단위로 자기 스타일을 바꿀 수 있어야 한다고 생각한다.

'계지桂枝'라는 약재는 녹나무과에 속한 육계나무의 어린 가지를 뜻한다. 항온동물인 인간은 내적 또는 외적 이유로 환경이 변해 순환이 불편해지면 항상성을 지키기 어렵다. 이때 계지를 쓰면 혈액순환을 개선해 체온을 지키고 몸 곳곳의 신진대사를 도울 수 있다. 환경은 항상 변한다. 그 속에서 나를 지키며 균형을 잡는 것은 무엇보다 중요하다. 인생을 살다 보면 다양한 형태의 파도에 부딪힐 수밖에 없고, 이에 맞춰가며 나의 정도를 걷기 위해서는 변수에 대응하며 나를 조정해야 한다.

누구나 기피하는 관절 영역을 맡게 되었을 때,
남편은 옆에서 보기 안쓰러울 정도로
고민하고 공부하며 노력했다.
적잖이 어려움을 겪었지만, 그 경험이 전화위복이 되어
더 나은 의사로 성장하는 계기가 되었기에
소중한 기억으로 여긴다고 한다.

사람을 치료하는 소임을 맡은 사람으로서,
끝없이 공부하고 위아래 가리지 않고
배우려는 자세를 지켜나가는
남편의 모습이 자못 존경스럽다.

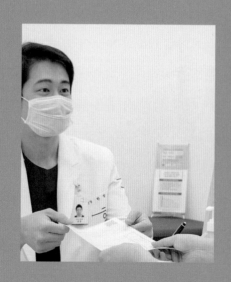

알쏭달쏭
방송 활동

✳

　어쩌다 보니 나는 방송에 나오는 한의사로 지내고 있다. 방송은 나와 인연이 참 깊다. 영란 씨와의 첫 만남을 이어준 곳이고, 한의사로 성장해 내 병원을 차리기까지도 방송의 도움이 적지 않았다. 그래도 전문 방송인은 아니다 보니, 여전히 방송을 앞두면 긴장이 많이 된다. 전날 밤 잠을 못 이루는 일도 다반사다. 그래도 기회가 생기면 이것도 경험이라고 생각해서 해보려는 편이다.

　밝고 유쾌한 사람이 아닌 데다 말주변도 없는데 장영란의 남편이라는 사실만으로 방송국에서는 구미가

라이프 한방 총전 중

당겼는지, 과거에 〈자기야-백년손님〉 같은 프로그램에 수더분한 사위의 모습으로 출연하기도 했다. 지금 생각하면 그 수많은 카메라 앞에서 어떻게 오롯이 주인공이 되어 촬영을 해냈나 싶다. 그래도 내 방송 출연이 나뿐 아니라 영란 씨에게도 도움이 됐다고 믿는다. 나와 함께 있는 모습을 보여줌으로써, 영란 씨의 큰 장점인 따뜻함과 인간미가 더 잘 드러났으리라. 그래서 종종 아이들이나 집을 공개하는 프로그램의 출연 요청이 들어오면, 마음 한구석에 부담이 있음에도 흔쾌히 받아들인다. 촬영이 힘들기는 해도, 우리 가족의 추억이자 내 삶의 좋은 기록이 되어주기를 바라는 마음에서다.

영란 씨는 내가 방송에 입고 나갈 의상을 가끔 챙겨줄 뿐, 전문 방송인이라고 해서 나에게 이런저런 코치를 하지는 않는다. 나는 대개 의료인으로 출연하기 때문에 영란 씨가 방송에서 하는 역할과는 다르기도 하고, 영란 씨에 비할 바는 아니지만 방송 경험이 어느 정도는 쌓였으니 믿고 지켜보는 부분도 있다.

방송 출연을 최대한 긍정적으로 생각하고 즐겁게 해내려고 하지만, 늘 재미있기만 한 것은 아니다. 가끔 출연하는 TV조선의 예능프로그램 〈와카남〉(와이프 카드 쓰는 남자)의 경우, 내 머릿속 생각대로 작가들이 포 맷을 짜주는 방식이라 상대적으로 방송이 편하고 시 간도 오래 걸리지 않는다. 다른 건강 관련 방송은 이미 다 짜인 시나리오에 내가 맞춰 움직이는 식이다. 솔직 히 즐겁지만은 않지만, 기능적인 역할을 열심히 한다 고 마음먹고 시간을 보낸다.

누군가 짜준 시나리오를 따르며 방송에 나가면서도 의사로서 꼭 지키는 원칙은 있는데, 내 의술을 과장하 지 않는 것이다. 원래 성격 자체가 능청스럽게 말을 꾸 며내는 것을 못하기도 하고, 병원에서 일할 때도 가장 싫어하는 게 과잉 진료이기 때문이다. 어르신들은 간 혹 방송에 나온 의사라는 이유로 만병통치가 가능하리라 기대하고 나를 찾아오기도 하신다. 나는 치료가 가능한 부분은 성심성의껏 진료하지만, 내 영역을 벗어났다 싶으면 바로 다른 병원을 찾아가시거나 집에서 좀 더 지켜보고 오실 것을 권해드린다.

이럴 때 "텔레비전에 내가 나왔으면 정말 좋겠네"라는 동요를 불렀는데, 어른이 되어 어쩌다 보니 TV에서 내 모습을 볼 수 있는 행운을 얻게 되었다. 감사하고 또 감사해야 할 일이다. 방송에 많이 나올수록 혹여 내 말 한마디로 잘못된 판단을 하는 시청자가 있지 않을지 더욱 신경 쓰며 준비해야겠다는 고민도 한다. 본업보다 방송이 앞서는 일 또한 절대 없도록 하려 한다.

나 장영란에게 방송은 직업이지만,
남편에게 방송은 세상과 만나는
또 하나의 즐거운 창구가 된다.
한의사로서 좋은 의료 정보를 제공하고,
인간 한창이자 장영란의 남편으로서는 일상의 소소한 재미를
전할 수 있기 때문이다.
시청자들에게 도움과 웃음을 드릴 수 있다면
남편의 방송 활동을 기꺼이 응원할 생각이다.

한의사의
즐거운 하루

✳

내 병원을 개업한 후에도 나는 예전 병원에서 일할 때와 거의 똑같은 일상을 반복하고 있다. 아침에 출근해 커피 한 잔과 함께 예약 환자 리스트를 살펴보며 하루를 시작한다. 이어서 주치의를 만나 입원 환자 브리핑을 해주고, 입원 환자들을 살피며 필요한 조치 사항을 안내하고 퇴원 일자를 헤아리다 보면 금방 점심 시간이다. 나는 언제부턴가 점심을 거르는 게 습관이 되어 지금도 점심을 먹지 않는다. 고백하자면 예전 병원에서 일할 때 만나고 싶지 않은 사람들과 함께 점심을 먹어야 하는 게 싫어서 점심을 굶은 게 시작이었다. 생각해보면 나도 참 고약한 성격인 것 같다. 그렇게 점심시간이 지나고 내원하는 환자들을 계속 만나며 정신없이 진료하다 보면 금세 저녁이다. 그러면 퇴근하고 다소 피곤한 발걸음을 옮기며 집으로 돌아가 가족과 함께 시간을 보내며 하루를 마무리한다.

남들이 무슨 재미로 사느냐고 물으면, 나는 가식적으로 하는 말이 아니라 정말 환자를 진료하는 게 재미있다고 답한다. 다른 의사보다 재미있는 일이 주어진 것은 아니다. 그러나 이것만은 확실하다. 기계적으로 MRI 차트를 들여다보고 무슨 주사를 놓고 무슨 약을 처방해주며 진료를 한다면, 그런 의료인 생활이라면 재미가 있을 리 없다.

나는 환자의 병증을 추적하는 일이 재미있다. 겉으로 드러난 건 몇 번 디스크가 이탈했다거나 어디에 염증이 생겼다거나 하는 데이터에 불과하다. 하지만 그 이면에는 그 문제를 발생시킨 생활 습관, 환경, 사건, 관계, 심리가 복합적으로 얽혀 있다. 단서들을 모으고

종합해 병의 진범을 검거하는 과정은 아주 정교하게 잘 짜인 한 편의 소설이자 영화나 다름없다. 물론 환자에게는 무척 심각한 사안이므로, 그걸 흥밋거리만으로 삼아서는 안 될 일이다. 다만 이런 재미를 추구하면 나 스스로의 즐거움도 있지만, 무엇보다 환자와의 적극적인 소통이 가능해진다는 점에서 큰 의미가 있다. 환자 입장에서도 그렇다. 영문도 모르고 의사가 시키는 대로 수동적으로 약을 먹고 주사를 맞는 것과, 확실히 이유를 알고 치료에 임하는 것은 다르다. 병을 이해하면 치료에 대한 순응도가 훨씬 더 높아진다.

의사도 환자도 한의학의 본질을 이해해야 한다. 양방 진료에 익숙한 환자들은 '치료', '입원', '퇴원' 같은 단어는 많이 들어봤어도, '예방', '조화', '균형' 같은 말은 병원에서 다루는 말이라고 잘 생각하지 않는다. 우리의 신체는 중간 단계에 놓여 있다. 방심하면 병자가 되고, 잘 관리하면 건강한 사람으로 살아갈 수 있다. 그러니 내 몸의 조화와 균형을 지키며 병을 예방하는 게 중요하다. 내 몸이 어떤 상태인지 잘 알아야 하고, 더 나은 상태로 내 몸을 유지하기 위해 뭘 해야 하는 지 스스로 터득해야 한다.

환자와 나 사이의 조심스럽지만 즐거운 균형잡기가 계속되기를 바라며, 나는 오늘도 가운을 입고 힘차게 환자를 맞이한다.

환자를 진료하는 남편의 모습은 꼭 셜록 홈스 같다.
자세히 관찰하고, 많은 질문을 던지고,
문제를 추적해 병을 파악하고...
그 까다롭고 복잡한 과정을 즐겁게 해내는 걸 보면
나로서는 신기할 따름이다.

5

한의사의 건강 관리

몸과 마음은
하나다

✳

　진료는 다른 사람과 인연을 맺게 해준다. 나는 병증의 원인을 파악하기 위해 환자의 습관이나 경험을 자세히 묻고 듣는 편이기에, 그 과정에서 마음으로 소통하며 병을 다스리기도 한다. 그중 유독 50, 60대 여성 환자들이 기억에 많이 남는다.

　나는 환자를 진료할 때 시간을 정해두지 않는다. 예약이 많이 밀려 있을 때는 어쩔 수 없지만, 시간 여유가 있다면 환자와 최대한 오랫동안, 최대한 많은 대화를 하는 게 내 방식이다. 특히 초진 환자일 때는 더욱 그렇다. 재진 환자라면 현재 증상이 어떤지, 이전과 어떻게 달라졌는지 이야기하는 것으로도 충분하다. 그러나 초진 환자는 기본적인 성향 파악부터 하는 게 올바른 접근법이다. 환자마다 성격이 다르다. 급한 사람, 소심한 사람, 수동적인 사람, 궁금증이 많은 사람……환자의 성격을 살피는 일은 진료에서 아주 중요하다. 결국 병원에서 제공한 정보를 해석하고 움직여야 하는 당사자는 환자이기에, 환자의 성향에 맞는 치료법을 제공해야 한다. 성격이 급한 사람에게 지나치게 느긋한 진료 일정을 권하거나, 수동적인 사람에게 자율적으로 움직이는 것만 강요하면 환자는 받아들이기 어렵다. 환자가 받아들이지 못하면, 치료가 원활하게 진행될 수 없다.

그래서 나는 초기 과정에서 환자와 대화가 잘 이뤄지지 않으면, 환자에게 다른 병원에 가보시는 게 좋겠다고 말씀드린다. 사실 내가 방송 출연을 하는 의사다 보니, 방송만 보고 무작정 나를 찾아오시는 분도 있다. 하지만 치료의 목적을 이해 못 한 상태에서는 아무리 좋은 치료법도 소용이 없다. 초진에서 대화가 잘 이뤄지고 치료의 목적을 이해하며 내 치료법이 잘 맞는 환자라면 긍정적인 결과를 기대할 수 있다.

가끔은 작은 기적 같은 일이 생기기도 한다. 우리 병원을 '제2의 친정'으로 부르며 아끼는 환자가 있다. 60대 초반에 허리 디스크로 입원했던 환자다. 디스크가 터져 울면서 택시를 타고 병원에 왔는데, MRI조차 찍기 어려워 진통제를 맞고 진료대에 올라야 했다. 종합병원에서 수술 날짜를 잡지 못해 나를 찾은 것이었다. 나는 이 환자와 정말 많은 이야기를 나눴고, 몸만큼이나 마음이 편안해지도록 신경 썼다. 그리고 이 방법은 효과가 있었다. 이 환자는 수술하지 않고도 5주 만에 몸이 나아 퇴원을 했다.

한방병원에서는 이런 경우를 종종 찾아볼 수 있다. 종합병원의 정신없는 진료 과정과 사무적인 응대에 지치고 자포자기한 상태로 한방병원을 찾는 것이다.

실제로 환자들이 쓴 후기를 읽어봐도, '병원을 옮기면서 마음의 안정을 얻은 것이 치료에 주효했다'라는 이야기가 빠지지 않는다. 특히 앞서 언급한 환자는 우리 병원의 의술에 감탄해 지역사회에 적극적으로 우리 병원을 알리고 다니시기도 했다. 또한 우리 의료진에게 의료봉사를 해보지 않겠느냐고 권유했는데, 기꺼이 그 마음에 보답하고자 우리 병원 의사 15명이 돌아가며 침술 봉사를 한 적도 있었다. 이런 식으로 환자와의 인연이 그 환자가 있는 동네의 의료봉사로 이어지기도 한다.

이번에는 CRPS(복합부위 통증 증후군)라는 만성통증 질환을 호소하며 입원했던 환자의 이야기를 해보려고 한다. CRPS가 생기는 원인은 아주 다양한데, 상당수는 몸이 아닌 마음의 병이 육체의 통증으로 발현된 경우다. 이 환자들은 대체로 만성이고, 단기 처방에 의한 치료가 쉽지 않다. 내 환자 역시 살면서 겪은 여러 가지 심리적 압박과 고독이 병의 가장 큰 원인이었

라이크 한의원 홍진표 중

다. 특히 남편이 전립선암 진단을 받으면서 마음의 불안이 커지다 보니, 본인의 병증 또한 심각해지는 모양새였다.

그런데 병원에 입원해 있던 이 환자가 어느 날 2박 3일 일정으로 일본에 가족 여행을 다녀와도 되겠느냐고 물어왔다. 여행을 가는 건 본인 자유였지만, 한 가지 문제가 있었다. 입원 중에는 출국할 수 없어 퇴원하고 가는 것이 원칙인데, 당시 병실 여유가 많지 않아서 이대로 퇴원하면 언제 다시 입원이 가능할지 기약할 수가 없다는 점이었다. 사실 나는 그 환자가 얻은 병의 원인을 생각하면 병실에 며칠 더 누워 있는 것보다 가족과 행복한 시간을 보내는 게 치료 효과가 더 클 것이라 생각했다. 하지만 아예 퇴원을 시켜서 병을 방치할 상황도 아니었다. 고심 끝에 나는 규칙을 어겨가면서까지 환자가 입원 중에 여행을 다녀오도록 조치했다.

이 결정은 나중에 문제가 되어, 나는 결국 병원 내부

회의에서 열린 공청회에 출석해야 했다. 분명히 입원 환자인데 입원 시기에 출국 기록이 있다는 점을 해명해야 했던 것이다. 그럼에도 내가 후회하지 않는 이유는 딱 한 가지다. 일본 여행을 다녀온 후 환자가 상당히 호전되었기 때문이다. 마음의 문제가 씨앗이 되어 싹튼 병은 마음을 다스려 치료해야 한다. 환자가 나았는데, 내가 겪은 작은 불이익이 대수겠는가.

이렇게 마음의 문제가 몸의 병이 된 50, 60대 여성 환자들은 공통적인 세 가지 특징이 있다. 첫째는 남편과 관계가 좋지 않다는 점이다. 차라리 치고받고 싸우면 나을 수도 있다. 그러나 이런 경우 대체로 남편이 아내에게 완벽히 무관심하고, 아내가 어려움을 호소해도 들은 척하지 않는다. 시댁과 사이가 좋지 않아 눈치를 볼 일이 많거나 압박감에 시달리는 게 두 번째 특징이다. 마지막은 성장기에 부모에게 억눌려 지낸 경험이다. 결과적으로 감정을 표출할 창구가 없고 의지할 사람도 없는 고립무원의 처지라는 것이다.

몸에 생긴 고통은 근육과 장기를 건드려 풀 수 있다. 하지만 마음에 생긴 고통은 마음으로 다스려야 한다. 의사인 나에게도 대화 외에는 방법이 없다. 이렇게 마음을 나눈 환자들과는 치료를 마친 후에도 주치의가 된다는 마음으로, 휴대전화를 따로 한 대 마련해 문자를 주고받으며 소통하고 있다.

한의학에서는 우리 몸을 생生, 장長, 노老, 사死로 나누며 사계절에 비유한다. 싹이 트고 꽃이 피고 열매를 맺고 가지가 마르는 식물과 사계절의 변화를 떠올려보면 쉽게 이해할 수 있다. 꽃이 피지 않으면 열매를 맺을 수 없고, 열매를 맺지 않으면 제구실을 못 하고 떨어져버리는 것과 같다. 이 원리를 부디 환자들이 마음에 깊이 새겨, 질병의 고통에서 한 발자국이라도 벗어나길 바라는 마음이다.

남편에게 치료를 받고
회복한 어느 환자분이 보내주신 편지.
한 글자, 한 글자 담긴
환자분의 진심에 가슴이 뭉클해진다.

한홍 선생님. 너무너무 고맙습니다 ♡ (선생님)
2년 전 약수제일 병원에서 손목 터널 수술을 한후
제 손이 아주 심각 하게 구부렸다 폈다 무릭도 못지고
이러고도 저러지도 못하고 그대로 마네증세가 되어
아예 손을 쓰지 못해 심각 만해도 앞이
막막 했었습니다.
너무 힘들었는데. 그 어려운 제 손을 ~~정~~
정성껏 치료 해주셔서, 기적같이 낫게
되어 정말 고맙 습니다.
너무너무 친절하게 잘 해주셔서
평생 잊지 않겠습니다.
　　　　감사 합니다. !~

술, 술, 술!
멈출 수 없다면 잘 마시자!

✳

숨길 수 없는 비밀이라 이야기하자면, 나는 술 마시고 담배 피우는 한의사다. 과음은 피하지만 그래도 술은 내 일상에서 절대 빼놓을 수 없는 일부다.

누구나 그렇듯이 나 또한 아이에 대한 책임, 가족에 대한 책임, 의사로서의 책임 등을 어깨에 무겁게 짊어지고, 어쩔 수 없이 스트레스를 받으며 산다. 영란 씨만큼 부지런하지는 못하지만, 나도 아무리 힘들지언정 내 할 일을 마쳐야 마음이 놓이는 성격이다. 몸이 파김치가 되었더라도 아이들 숙제는 봐줘야 하고, 쌓여 있는 설거지도 해야 한다. 그런 빡빡한 일상 속 유일한 탈출구가 있다면, 그게 나에게는 술이다.

　젊었을 때는 술 말고도 이것저것 취미가 많았다. PC방에서 스타크래프트를 비롯한 온라인 게임을 하며 자란 세대인지라, 게임은 나에게 좋은 취미이자 탈출구였다. 다행히 영란 씨도 게임을 좋아해서 함께 게임을 즐긴 시간도 합쳐보면 꽤 된다. 연애할 때는 PC방에 같이 가서 밤새 게임에 빠지기도 했고, 임신했을 때는 전자파를 피한답시고 영란 씨 배에 쿠션을 올려놓고 게임기를 두드리곤 했다. 돌이켜보면 귀여운 추억이지만, 이제는 게임을 할 시간이 없다. 어쩌다 옛날 생각을 하면서 스마트폰으로 게임을 해봐도 예전만큼 재미가 없다. 게임하는 스스로가 어색하기까지 하다. 주위 사람들은 골프도 많이 치는데, 나는 시간을 많이 들여 여유롭게 하는 골프와는 어울리지 않는다. 그러다 보니 지금 취미라고 할 건 술 마시는 것과 영란 씨와의 수다가 전부다.

사실 술 때문에 영란 씨와 다툰 적도 많았다. 지금이야 우리도 잉꼬부부, 꿀 떨어지는 부부, 가끔은 '판타지 부부'로까지 불리지만, 우리도 신혼 때는 많이 싸웠다. 대부분 술이 원인이었다. 술을 아주 좋아하는 내 특성은 결혼 뒤에도 변하지 않았다. 신혼 때 친구들을 집에 불러 마신 적도 꽤 있었다. 밖에서 술을 마시고 집에 들어왔다가 또 연락을 받고 밤 11시에 다시 술자리에 나간 적도 있을 정도이니, 어느 아내인들 좋아했겠는가. 부끄러운 과거지만, 그땐 그것밖에 탈출구가 없었다고 변명하고 싶다.

그렇게 술로 인해 부부 싸움이 심해지던 어느 날, 장인어른이 직접 찾아오셨다.

"이럴 거면 이혼하게!"

장인어른의 엄한 꾸중에 술이 깨고 정신이 번쩍 들었다. 그 뒤로 술자리를 줄였고, 영란 씨의 동의 없이는 친구를 집에 데려오지 않기로 했다. 그런데 나중에 알고 보니, 장인어른은 그렇게 나를 야단치시고는 따로 딸을 불러 부부 생활의 지혜를 전하셨다고 한다.

"부부 싸움을 할 때 같이 화를 내지 말고, 일단 남편 말을 들어줘라. 그리고 한숨 자고 일어나면 그때 이야기해라."

한번 감정이 차오르면 화기를 잘 다스리지 못하는 대신, 그 순간만 지나면 금방 원점으로 돌아오는 내 성질머리를 장인어른은 금세 알아채신 것이다. 장인어른의 호통으로 나는 술자리와 그에 따라 불거지는 여러 문제를 줄였고, 영란 씨는 장인어른의 가르침으로 나를 다루는 법을 터득했다. 그러다 보니 부부 싸움이 많이 줄었거니와, 싸워도 예전만큼 박 터지게 싸우지는 않았다. 모두 장인어른의 덕이다. 참으로 지혜로운 어른이 아닐 수 없다. 장인어른도 만만찮게 술을 좋아하셨고, 젊은 시절 주사도 심하셨다고 한다. 그럼에도 힘든 시절에 술로 시름을 잊곤 하셨다는데, 그래서 술을 유일한 탈출구로 삼았던 내 마음을 누구보다 깊이 이해해주셨던 것 같다.

이런저런 사건 사고 끝에, 술을 아예 안 마실 수 없다면 '잘' 마시자는 게 내가 택한 전략이다. 술을 좋아하는 내가 챙겨 먹는 한약재는 '서식제'다. 이름 때문에 오해할 수도 있는데, 음식을 적게 먹도록 돕는 다이어트제가 아니라 소화를 돕는 약이다. 꼭 서식제가 아니더라도, 인위적인 성분이 들어간 제품을 대신할 수 있으면 좋다. 자연스럽게 소화를 안정시키고, 음식을 빨리 분해할 수 있도록 돕는 약을 추천한다. 나이가 들수록 속이 편해야 하고, 나처럼 술까지 즐겨 마신다면 속을 다스리는 것에 더더욱 신경 써야 한다.

술을 마신 다음 날 허기가 지는 경험이 다들 있을 것이다. 술은 주독酒毒이 있고 화열 성분이다. 가짜 에너지로 위를 달궈 허기지게 하면서, 동시에 신축성이나 소화 기능은 떨어지게도 한다. 그래서 술을 깨려고 이 것저것 먹어봐야 하루 종일 불편하기만 한 것이다. 그러니 술을 마시고 속이 힘들다면, 술이 가져온 주독부터 풀 수 있도록 소화제나 공진단을 먹는 게 도움이 된다. 그중에서도 인위적인 성분보다는 자연스럽게 소화를 도울 수 있는 약이 좋다.

술은 끊는 게 가장 좋지만,
포기할 수 없다면 적어도 슬기롭게 마셔야 한다.

아토피
관리하는 법

✻

아토피. 부모들에게 얼마나 두려운 단어인가. 그 두려움을 나는 첫아이를 낳고 얼마 지나지 않았을 때 느꼈다. 그러지 않기를 간절히 바랐으나 첫딸 지우가 세상에 나왔을 때 아토피가 생길 조짐이 보였다. 수많은 환자를 대하며 온갖 질병을 다뤄보았지만, 내 자식의 병은 나도 남들처럼 무섭고 낯설었다. 더구나 첫째라서 기침 한 번에도 가슴 떨려 했다. (그러다 둘째 준우가 나왔을 때는 지우만큼 돌봐주지 못한 것 같아 내심 미안한 마음도 있다. 준우야 미안!)

보들보들한 아기 피부에 붉은 기운이 점점 번질 때

어찌나 속상하던지! 노심초사 양방과 한방을 오가며 아이의 피부를 관리했던 기억이 아직도 생생하다. 사람들은 한의사 집 딸은 한방으로만 병을 다스릴 거라 생각할지 모르겠다. 그러나 자식 건강을 챙기는 데 수단과 방법이 중요하겠는가. 병에 관한 생각도 똑같다. 어느 병원을 찾든 가장 빠르고 쉽게 나을 수 있는 곳에서 열심히 치료받는 게 가장 중요하다. 나 역시 필요하면 한방과 양방을 가리지 않고 병원을 찾아 지혜를 구한다.

팔다리가 접히는 부분 또는 목이나 등에 가려움증이 생기고, 가려움을 참지 못해 긁다 보면 진물이 나면서 심하면 색소침착으로 이어진다. 그게 아토피다. 아이는 물론이고 부모의 마음에까지 생채기를 깊게 내는 증상이다. 피가 나도록 제 몸을 긁는 아이를 보면 차라리 내 피부가 상하는 게 마음이 편할 지경에 이른다.

아토피 관리는 인내심과 정성의 싸움이다. 눈에 보

이는 피부 상태에 마음 아프고 조바심이 나는 부모의 심정은 나도 충분히 이해한다. 하지만 한의사로서, 또 아이의 아토피를 겪은 부모로서 말하자면 근본적인 것부터 살펴야 한다.

부모가 피부에 좋을 리 없는 과자나 아이스크림을 사다 먹으면, 아이 입에도 그게 들어가는 건 너무나 당연한 일이다. 집 안 청결을 소홀히 하는 것도 매우 치명적이니 부지런히 집 안을 깨끗이 청소해야 한다. 반려동물 역시 아토피에 영향을 줄 수 있기에 아이의 유년기에는 가능한 한 삼가는 것이 바람직하다. 음식을 바꾸고 환부를 깨끗이 씻어 말리고, 체질에 맞는 약으로 꾸준히 관리하며 돌봐야 아토피를 잡을 수 있다. 땀을 많이 흘리든 집 안이 건조하든 아이의 피부가 간지러울 수 있는 요소가 있다면, 근본적으로 그 부분부터 해결해야 한다.

환경적인 요소 외에 또 하나 따져봐야 할 것은 아이

의 정서다. 아이가 정서적으로 억눌려 있다면, 마치 틱이 생기는 것처럼 긴장감을 해소하기 위해 긁는 습관이 생길 수 있다. 아무 외부 요인이 없는데 긁는 일이 반복되면 아이가 무언가에 긴장해 있거나 위축된 건 아닌지 살필 필요도 있다.

무엇보다 스테로이드의 유혹을 이겨내야 한다. 스테로이드 연고를 처음 바를 때는 증상이 당장 괜찮아지는 듯하지만, 얼마 지나지 않아 증상이 반복된다. 나중에는 내성이 생겨 스테로이드를 며칠씩 발라야 겨우 효과가 나타나는 지경에 다다를 수도 있다. 빨리 낫게 하려고 스테로이드를 남용하면, 금방 낫는 것 같아도 병의 뿌리는 그대로 남으니 결국 악화시킬 뿐이다. 오직 인내와 정성이 답이다. 나 역시 지우의 아토피를 잡기 위해 그 어느 때보다 집 안 위생에 신경을 썼고, 몇 시간이 걸리더라도 목욕과 건조에 정성을 쏟았다. 초기부터 이런저런 노력을 기울인 결과, 지우는 아토피의 손아귀에서 벗어날 수 있었다.

아토피를 막을 수 있는 한약에는 어떤 것이 있을까? 약이 다 그렇듯이 쓰면 몸에 좋다. '고삼苦蔘'은 한약재 중 피부에 좋기로 소문난 약재다. 동시에 그 맛이 쓰기로도 유명한데, 그래서 예능프로그램에서 벌칙으로 고삼차를 마시곤 한다. 『동의보감』에는 "먹으면 토한다"라고 적어놓을 정도이다.

고삼의 영문명은 'Sophora flavescens'인데, 학교에서 공부할 때 '도둑놈의 지팡이'라는 뜻이 특이해 군이 한번 찾아나선 적이 있다. 고삼은 시골 야산에서 흔하게 볼 수 있다. 실제로 본 고삼은 이름만큼 험상궂지 않아 고삼 입장에서는 좀 억울하겠구나 싶었다. 초여름에 꽃을 피우는데, 약으로 쓰는 건 뿌리다. 피부에 좋으니 화장품에 쓰기도 한다. 아토피 이야기를 하는 중이니 짐작했겠지만 아토피에도 효능이 있다. 아토피에 시달리는 자녀를 둔 부모는 고삼 성분이 함유된 연고를 한번 찾아보기를 추천한다. 덧붙여 내부 장기에 양기를 보강해 면역력을 키우는 한약도 추천할 수

있는데, 피부의 혈액순환에 도움을 주기 때문에 근본
적인 아토피 치료에 효과적이다.

아토피에는 다양한 치료 방법이 있지만, 사실 어떤
방법도 시도해보지 않다가 치료를 받으러 병원에 온
다면 이미 한 번은 늦은 것이다. 면역력 강화와 생활
습관 개선을 우선으로 하고, 그다음 순서로 치료를 받
아야 아토피를 잡을 수 있다.

적절한 운동으로 면역력을 높이고
건강한 식습관을 유지하는 것이
아토피를 이겨내는 지름길이다.

아이의 건강은
밥상에서 좌우된다

*

한의사라는 직함을 달고 있다 보니, 어떻게 아이의 건강을 챙겨야 하는지 묻는 부모가 많다. 이런저런 이야기를 나누다가 영 대화가 풀리지 않으면 나는 슬쩍 물어본다.

"댁에서 아이와 뭘 많이 드세요?"
"하루에 아이와 식사는 어떻게 하세요?"
"아이가 가장 잘 먹는 건 뭔가요?"

그러면 아니나 다를까, 속 시원히 대답을 못 하거나 사실 아이가 잘 먹지 않는다는 고백이 돌아온다.

나는 밥상머리 교육만큼은 옛날 부모님들처럼 꼬장꼬장한 편이다. 식사 시간에는 먹는 것에만 집중해야 하고, 골고루 꼭꼭 씹으며 감사한 마음으로 먹어야 한다고 아이들에게 강조한다. 영란 씨가 워낙 음식 솜씨가 좋은 데다 늘 영양을 신경 쓰며 챙겨 먹이는 덕분에 우리 아이들은 건강한 편이다. 한약을 잔뜩 먹여서가 아니다. 건강하게 먹어서, 건강한 장을 갖춰서다.

'장뇌력腸腦力'이라는 말이 있다. 머리에만 뇌가 있는 게 아니라 장에도 뇌가 있다는 것이다. '제2의 게놈'이라 불리는 '마이크로바이옴Microbiome'의 개념도 비슷한 이야기다. 마이크로바이옴은 인체에 서식하는 '미생물microbe'과 '생태계biome'를 합친 말로, 몸속 미생물과 그 유전자를 일컫는다. 마이크로바이옴은 암과 비만 등 각종 질환을 예방 또는 치료하는 효과가 있어 최근 많이 연구되는 분야다. 우리 몸에서 소화기관과 뇌가 떨어져 있는 것처럼 보이지만, 실제로 특별한 신경세포와 면역경로를 통해 직통으로 연결돼 있다는 것이 그 논리다. 이런 연구들이 말하는 바는 뭘까? 똑똑하고 건강한 아이를 만들려면 머리만이 아니라 장의 상태를 살펴야 한다는 것이다. 그렇다면 한 사람의 장 건강은 무엇으로 결정되는가? 매일 먹는 밥과 반찬이 관건이다.

한의학에는 음식으로 질병을 치료하거나 몸조리를 하는 '식치食治'라는 말이 있다. 음식의 다양한 맛과 성질을 활용해 장기에 발생한 질병을 치료하는 과정을 정의하는 말이다. 약을 쓰기 전에 음식을 사용해 병을 치료하고, 그것이 여의치 않을 때 약을 사용하라는 '약식동원藥食同源'은 오랜 전통을 가진 치료 비법이다. 『동의보감』에서도 병을 다스릴 때 음식이 약보다 앞선다는 것을 명시하고 있다.

"의사가 병의 원인을 먼저 밝혀낸 다음에는 그 원인에 따라 음식으로 치료해야 한다. 음식으로 치료해도 낫지 않으면 약을 써야 한다. 노인이나 어린이만 그런 것이 아니라 지나치게 잘 먹는 사람이나 병을 오래 앓아 약이 지겨운 사람이나 궁핍하여 재물이 없는 사람 모두 음식으로 조리하는 것이 마땅하다."

몸이 좋지 않은 아이들의 건강을 살피다 보면, 부모의 나쁜 식습관에 영향을 받아 건강 상태로 이어진 사례가 많다. 최근에는 영양이 부족한 아이는 드물지만 반대의 경우는 종종 본다. 배달 음식이나 편식에 익숙해져 영양이 불균형하거나 과잉 공급되는 것이다. 이런 아이들 중에는 부모의 식습관을 그대로 물려받은 경우가 많다. 그래서 나는 균형 잡힌 식단을 추구하며 된장과 김치가 들어간 한식을 꾸준히 섭취할 것을 권장한다. 한식의 기본인 된장과 김치를 즐겨 먹는 아이로 키우자는 말이다.

된장은 우리 선조들이 남긴 훌륭한 자연식이며 항암 식품으로도 추앙받고 있다. 한의학에서는 된장이 해독 해열의 효능이 있고 오장을 편하게 해주는 역할을 한다고 본다. 또, 『동의보감』에서는 김칫국의 효능을 따로 다루고 있다. 김칫국을 '숭채제菘菜虀'라고 부르며, "약으로 쓰기도 하는데 소화기나 기관지의 더러운 점액을 토하게 하는 작용을 한다. 소화기의 기운을 보강해주고 술과 밀가루의 독을 풀어준다"라고 정리하고 있다.

된장과 김치뿐 아니라 음식은 제각기 성질이 있어 먹은 사람의 몸에 영향을 미친다. 우리 몸에 좋은 음식이 있는 반면 나쁜 음식이 있고, 음식의 좋고 나쁨은 결국 건강 상태로 이어진다. 앞에서도 말했듯 중요한 것은 균형을 유지하는 것이고, 몸의 균형을 유지하기 위해서는 식단의 균형이 핵심이다.

건강한 부모가 건강한 아이를 만든다.
아이의 건강을 걱정한다면
우선 우리 집 식탁부터 들여다보자.

걷기운동에
숨은 함정

✱

　『동의보감』에는 수많은 약과 그 쓰임, 병에 대한 처방이 나온다. 그중 가장 먼저 등장하는 약이 무엇일까? 바로 '경옥고瓊玉膏'다. 경옥고는 그 뜻도 '옥과 같이 귀한 약'이다. 『동의보감』에서는 경옥고에 대해 "정신이 맑아지고 오장이 충실해지며, 흰머리가 다시 검어지고 빠진 이가 다시 나며, 걸음걸이가 달리는 말처럼 가뿐해진다"라며 그 효능에 찬사를 아끼지 않고 있다. 이런 마법과 같은 효능 중에 내가 특히 눈길이 간 구절은 '걸음걸이가 달리는 말처럼 가뿐해진다'라는 표현이었다.

걸음걸이는 그 사람의 건강과 몸 상태를 숨김없이 드러낸다. 병자의 발걸음은 무겁고 고르지 못하지만, 활력 있는 사람의 걸음걸이는 씩씩하고 날렵하다. 나는 척추와 관절과 디스크 관련 환자들을 참 많이 만났다. 환자들과 이야기를 나누다 보면 운동에 관한 대화를 빠뜨릴 수가 없는데, 상당수가 내심 칭찬을 기대하며 나에게 하는 말이 있다.

"선생님, 오늘은 뒷산부터 공원까지 2만 보는 걸었을 거예요."

"짧은 거리는 매일 걸어 다니죠. 걷는 것은 남들 못지않게 해요."

"다른 운동은 힘들어서 못 하니 걷기를 많이 하죠."

걷기는 좋은 운동이 맞다. 인간의 가장 자연스럽고 기본적인 행동이면서 인체의 모든 근육, 뼈, 관절을 골고루 사용하는 행위이다. 돈이 드는 것도 아니고, 일상에서 자연스럽게 실천할 수 있으니 부담도 없다. 그런데 나는 걷기를 즐긴다는 환자의 말을 들으면 바로 고개를 끄덕이기보다는 한마디를 건넨다.

"걷기가 그렇게 좋다면 매일 걷기가 일상인 70, 80대 어르신들은 아픈 곳이 하나도 없어야 맞지 않을까요?"

사실이 그렇다. 그렇게 열심히 걷는데도 허리가 구부정하고 무릎이 아픈 어르신이 부지기수다. 그래서 나는 가능하면 환자가 병원을 드나들 때 어떻게 걷고 어떻게 움직이는가를 살핀다. 앉아 있는 자세만 봐도 어느 정도 짐작되기도 한다. 그런데 그렇게 관찰한 환자 대부분이 올바른 걷기를 실천하지 못하고 있었다. 당장 주위 사람들의 걸음을 한번 살펴보라. 구부정하게 걷는 이부터 갈지자로 걷는 이, 팔자걸음을 걷는 이, 절뚝거리며 걷는 이까지 온갖 걸음걸이가 다 있다.

사실 현대인이 올바르게 걷지 못하는 이유는 여러 가지다. 굽이 제각각인 신발이나 구두를 신고 수그린 자세로 바쁘게 걷는 것이 대다수 현대인의 삶이다. 그러다 보니 수십 년에 걸쳐 잘못된 걸음걸이가 몸에 배는 경우가 부지기수다. 이렇게 잘못된 자세와 습관으로 운동을 하면 안 하느니만 못한 결과를 가져오게 된다.

그래서 걷기운동을 열심히 했다는 환자를 만났을 때, 필요한 운동 효과는 전혀 얻지 못한 경우를 흔하게 볼 수 있다. 심하면 오히려 관절 상태가 악화되어 있기도 하다. 모두 제대로 된 걷기를 실천하지 못했기 때문이다. 그런데 문제는 습관이라는 게 쉽게 고쳐지지 않는다는 점이다. 걷기 습관은 인간의 가장 오래된 습관 중 하나다. 올바른 걷기를 배운다고 해도 잠깐만 마음을 놓으면 금방 원래의 걸음걸이로 돌아가고 만다.

더불어 걷기운동을 하려는 사람들이 집착하는 게 '걷는 양'이다. 1만 보, 2만 보라는 숫자에 뿌듯함을 느끼고, 가능한 한 많이 걸으려고 한다. 물론 몸이 튼튼

한 사람은 많이 걸어도 괜찮다. 하지만 몸에 근육이 충분하지 않은 사람이 무턱대고 많이 걸으면 몸 전체에 골고루 퍼져야 할 하중이 허리나 무릎, 발목 등에 집중되면서 오히려 몸에 무리를 준다. 관건은 양이 아니라 '질'이다. 짧은 거리라도 질 높은 걷기운동을 해야 한다. 덧붙여 요즘은 미세먼지 같은 환경 요인도 살펴보면서 걸어야 한다.

이렇게 따지면 걷기운동도 참 신경 쓸 게 많다. 그런데 걷기운동의 장점이 뭔가? 쉽고 편안하게 할 수 있다는 것이다. 올바른 자세에 온 정신을 쏟으며 걷기운동을 하면 그것도 스트레스가 되어 즐겁고 꾸준히 하기 어려워진다. 나는 그래서 젊은 환자에게는 스쿼트처럼 코어를 키울 수 있는 일반적인 근육 운동을, 나이 든 환자에게는 물속 걷기 같은 운동을 추천한다. 걷기보다 번거로워 보여도, '제대로 된 운동'의 측면에서는 이런 운동이 더 효과적이고 몸을 아끼는 방식이다.

요즘은 유튜브 등에서도 올바른 걷기를 소개하는 영상을 찾아볼 수 있다. 자신이 걷는 모습을 촬영해보고, 올바른 걷기와 자신의 걷기를 비교해보는 것도 좋은 방법이다. 제대로 된 걷기를 하지 못하고 있다면 걷기운동에 대해 다시 생각해보는 것이 바람직하다.

6

한방인가, 양방인가

삶의 기본은
섭생

✳

베네딕트 컴버배치. 내가 좋아하는 영화배우 가운데 한 사람이다. 컴버배치 하면 많은 이들이 마블 시리즈의 '닥터 스트레인지'부터 떠올리겠지만, 나는 그가 연기한 다른 캐릭터인 셜록 홈스가 떠오른다. 지적이면서도 괴팍해 보이는 컴버배치의 이미지와 셜록 홈스가 어쩜 그리 찰떡같이 어울리던지. 어릴 적 책을 읽으며 상상했던 그 모습 그대로다.

뜬금없이 웬 명탐정 이야기인가 싶을 것이다. 그런데 더 뜬금없는 이야기를 해보자면, 나는 한의사는 셜록 홈스가 되어야 한다고 믿는 사람이다. 한의학은 진단 자체가 엑스레이나 MRI, 초음파 같은 검사장비에 의존하지 않는다. 최근에는 한의원에도 그런 장비가 많이 들어와 있지만, 병원 차원에서 양방 의사를 고용해서 도움을 받는 방식이다. 한의사가 직접 장비를 사용하는 것은 법적으로도 허용되어 있지 않다. 그래서 사실 내가 방송 출연을 하면 종종 지역보건소로 민원이 들어오기도 한다. 한의사가 엑스레이나 MRI를 통해 나온 자료를 가지고 설명하는 장면을 문제 삼는 것이다.

한의학에서 양방 의사와 협력해 받은 자료를 진단과 처방에 활용하는 건 아무 문제가 없다. 진단 장비 활용은 오로지 양방의 영역이라는 오해에서 온 착각이다. 물론 한의학은 일부 장비를 동원하더라도 장비에만 의존하지는 않는다. 진맥부터 시작해서 눈빛, 피부 상태, 성향에 집중해 환자를 관찰하는 것이 한의학의 기본이다. 이를 위해서는 환자와의 많은 대화가 필요하고, 환자 개인이 살아온 삶을 들여다보면서 병증의 뿌리를 이해하려는 태도가 중요하다. 나는 한의학의 진짜 경쟁력이 이 부분에 있다고 생각한다. 그래서 환자 관찰에 큰 노력을 기울인다.

내가 대형 한방병원에서 일하며 많은 환자가 먼저 찾는 의사로 자리 잡고, 내 이름을 걸고 개원까지 할 수 있었던 유일한 비결은 바로 관찰력이다. 그런데 이 관찰력은 내가 셜록 홈스처럼 타고난 천재성이 있어서 얻은 게 아니다. 충분한 시간을 들여 환자가 병을 얻은 맥락을 이해하고 들여다보고자 노력했기에 얻게 된 능력이다. 나는 백색의 의사 가운이 '내가 이곳의 왕이니 환자를 가르치거나 윽박질러도 된다'라는 허가서라고는 결코 생각하지 않는다. 의사는 자기 환자의 모든 정보를 가장 많이 아는 사람이 되어야 한다. 이렇게 환자와 그 병증에 관해 깊게 이해하는 경험은 의사 생활을 하면서 조금씩 축적된다. 이제는 누군가의 굽은 등이나 처진 어깨, 볼록한 배만 보아도 어떤 질병에 취약하고, 어떤 생활 태도가 권장되는지 어느 정도 판단할 수 있게 되었다.

한의학의 핵심이자 경쟁력이 바로 관찰인데, 한 가지 안타까운 점이 있다. 한의사들조차도 관찰과 대화보다 시간 절약에 신경 쓰는 경우가 많아졌다는 점이다. 내밀한 진단 대신 엑스레이나 MRI 자료만 보면서 치료하는 경우가 잦아졌다. 그러나 나는 계속해서 한의학의 기본을 돌아보며 진료해야 한다는 점을 강조하고 싶다.

예전에 일하던 병원에서 퇴사하기 얼마 전, 목 디스크로 2년 가까이 고생한 환자를 진료했다. 그 환자는 정형외과나 재활의학과로부터 수술해야 한다는 소견만 받은 상태였다. 하지만 내 진단은 달랐다. MRI 사진을 볼 때 디스크가 심하지는 않았다. 저린 손은 오른쪽인데 디스크는 왼쪽으로 밀려나 있는 식으로, 디스크와 증세의 상관관계를 따지기도 어려웠다. 정황상 수술이 정답이라는 생각은 전혀 들지 않았다. 다른 이유가 있을 것 같아 차근차근 환자의 이야기를 들어봤다.

중년 여성인 이 환자는 대화하면서 눈을 잘 마주치지 못했다. 잘 이야기하다가도 억눌린 감정이 폭발했고, 갑자기 입을 다물기도 했다. 억압된 마음 때문에 힘들어하는 것이 느껴졌다. 그래서 그 나이의 여성들이 흔히 겪는 문제인 자녀, 남편, 시댁 등으로 화제를 전환해봤다. 과연 가족 문제로 스트레스가 심했고, 거기서 목 디스크의 원인도 찾을 수 있었다. 스트레스를 해소하기 위해 장시간 나쁜 자세로 독서나 뜨개질을 하다 보니 목에 무리가 간 것이었다. 결국 이 환자의 목 디스크를 치료하는 길은 수술이 아니었다. 그저 스트레스를 들여다보고, 목에 부담을 주지 않는 다른 해소법을 찾는 것. 그 이상도 이하도 아니었다.

허준 선생은 『동의보감』을 집필하면서 인체 구성 원리인 '내경편內景篇'을 가장 앞에 두고 '섭생攝生. 일상생활을 규칙적으로 잘하는 것', 즉 생활 습관이 우선임을 거듭 강조했다.

의학은 질병을 다루는 것을 넘어 삶 자체를 다룰 줄
알아야 한다는 게 한의학의 기본 정신이다. 원인과 결
과, 단순한 법칙이다. 디스크 또한 삶의 궤적이고, 무
언가의 결과물이다.

그렇게 원인을 찾고 난 뒤, 2년 동안 목 디스크로 고
생한 이 환자는 어떻게 되었을까? 2주가량 입원했다
가 회복해서 퇴원했다. 고맙다며 아직도 내게 연락을
주곤 한다.

이유 모를 통증이 있다면 생활 습관을 돌아보자.
스트레스를 받고 있는지,
그 스트레스를 어떻게 해소하는지.
혹시 스트레스 해소법이 오히려 몸에 무리를 주어
통증을 유발하지는 않는지 등을 살펴보자.

한방과 양방은
배타적 관계일까?

＊

식물성 약재 중에 '천오두川烏頭'라는 게 있다. 중풍으로 인한 반신불수, 얼굴이 마비되는 구안와사, 관절염, 두통, 요통 등에 두루두루 효험이 있는 약재다. 사실 천오두가 유명한 것은 확실한 약효만큼이나 강한 독성이 있는 까닭이다. 잘 쓰면 좋은 약이 되나, 잘못 쓰면 코피와 각혈 등 출혈이 일어나고, 심하면 경련 증상까지 동반할 수 있는 위험한 약재다.

이렇게 독성이 있는 약재를 쓸 때는 '법제法製'라는 과정이 필요하다. 법제는 약재마다 방식이 다르다. 어떤 약재는 다른 약재들과 같이 물에 넣고 끓여주는 것으로 법제 과정을 거치고, 어떤 약재는 한참을 달이기도 하고, 또 어떤 약재는 말려야 한다. 약재의 성분에 따라 접근 방법이 천차만별이다. 세상 만물이 그렇듯, 어느 곳에나 만점 활약을 하는 만병통치약은 존재하지 않는다. 같은 방법이라도 어떨 땐 약이 되다가 독이 되기도 한다. 각자의 특성에 맞게 시의적절한 곳에 올바르게 처방을 하는 것이 약의 기본이며 의술 또한 마찬가지다.

앞서 엑스레이나 MRI를 둘러싼 이야기를 하면서 한방과 양방의 경계에 대해 잠깐 다뤘다. 사실 몸이 아플 때면 다들 한 번쯤은 이런 고민을 해봤을 것이다. 한의원을 가야 하나, 양방 병원을 가야 하나? 어떻게 보면 환자라는 공동의 고객을 두고 경쟁하는 관계라, 한방 의사와 양방 의사 사이에는 묘한 긴장이 흐르기도 한다. 의사 커뮤니티에 들어가보면 한의학은 없어져야 한다는 극단적인 주장을 펼치는 사람도 적지 않다. 또 코로나19 백신 접종이 본격적으로 이루어지면서, 양방 의사들이 "백신을 맞은 뒤 한 달 동안은 침 치료를 받지 말라"라고 권고해 소란이 벌어지기도 했다.

사실 침 치료에 따른 변수를 고려할 때, 그런 권고도 있을 법하다는 것이 내 입장이다. 가볍게 찌르는 치료라고 해도, 바늘 자극이 들어가는 순간 사람은 긴장하게 된다. 작게라도 몸에 상처가 나기 때문에 불필요한 에너지가 사용될 수 있고 그에 따른 회복도 필요하다. 그래서 침을 맞은 뒤 혈압이 떨어지거나 어지러운 현상이 나타날 수 있는 것이다. 그러니 백신 접종 후 침 치료가 금물일 정도는 아니어도, 몸 상태를 보고 주의를 기울일 필요는 있다.

재미있게도 한방과 양방의 대립이 눈앞에서 이루어지는 공간이 바로 우리 집이다. 내가 한방 의사이고, 한 살 어린 동생이 양방 의사라 그렇다. 우리는 의학이라는 같은 분야에 몸담고 있지만 여러 가지가 다르다. 딱 맞는 용어는 아니어도 굳이 표현하자면, 내가 진보적인 성향이고 동생은 보수적인 성향에 가깝다. 사실 젊은 시절에는 말싸움을 하다 주먹다짐까지 이어진 적도 있을 정도로 갈등이 매우 심했다. 특히 아버지가 편찮으시면 서로 자기 병원으로 데려와 자기 방식으로 치료하려고 다투기도 했다. 또 영란 씨나 제수씨가 임신해 입덧으로 고생할 때는 형제가 서로 한약을 먹어라, 양약을 먹어라 하며 다툼 아닌 다툼을 벌이기도 했다.

이제 와 생각해보면 시트콤에 나올 법한 우스운 일화다. 하지만 우리의 갈등은 근본적으로 한방과 양방의 갈등이라는 큰 줄기와 맞닿아 있어 화해하기 어려운 부분이 있기도 하다. 그러나 사실 우리도 모르는 사이에 한방과 양방은 많은 접점을 두고 우리 생활 안에 들어와 있다. 예를 들어 의약품이 그렇다. 양방 의사가 처방해주고 약국에서만 구입할 수 있는 전문의약품은 양방 기반으로 제조되었다고 생각하기 쉽지만, 수천 년의 임상시험을 거쳤다고 할 수 있는 한의학 기반의약도 많다. 양방 의사가 한의학 약을 처방해주는 시대인 셈이다.

　나는 의학과 한의학의 논쟁을 생각할 때마다 천오두가 주는 지혜를 길잡이로 삼고 싶다. 경계를 긋고 장벽을 세우기보다는, 병에 어울리게 환자에 알맞게 적절히 사용하는 것이 핵심이다.

한방이든 양방이든,
의학의 근본은 사람의 병을 낫게 해주는 것임을
잊지 않기를 바란다.

한창의 꿈, 장영란의 꿈

✳

나이가 들수록 '꿈'이라는 말은 뭔가 유치하거나 허무맹랑한 것으로 여겨지곤 한다. 무겁고 냉정한 현실을 마주하다 보면 그럴 수밖에 없다. 그런데 나와 영란 씨는 고맙게도 서로를 만나 다시 꿈을 꾸고 그 꿈을 이루어가게 되었다. 말하자면 장영란과 한창은 서로의 꿈을 설계해주는 부부다.

어렸을 때 내 꿈은 경찰이었고, 이후에는 법대를 지망했었다. 그런데 그 꿈이 아주 간절했던 건 아니었는지, 어쩌다 보니 나는 한의사가 되었다. 큰 어려움 없이, 절실한 사연 없이 의사가 됐다고 나를 부잣집 아들로 오해하는 사람들도 있다. 하지만 우리 집은 공부에 지원을 못 받을 정도로 어려운 가정이 아닐 뿐, 돈 걱정 없이 잘사는 집은 아니다.

다만 부모님이 배움을 중시하셨고, 가정경제에서 자식 교육을 절대적인 부분으로 생각하셨다. 그래서 부모님은 나와 동생의 공부에 투자를 아끼지 않으셨다. 덕분에 나는 재수할 때 월 100만 원에 달하는 기숙학원 수업료를 지원받으면서 공부할 수 있었다. 이후 한 의대에 입학한 뒤에도 부모님은 동아리며 밴드 활동을 하면서 기타를 사는 아들에게 용돈을 주시는 데 인색함이 없으셨다. 동생까지 의대에 들어가고, 우리 형제는 대구와 경주에서 자취생활을 했다. 부모님은 비싼 의과대학 학비에 생활비까지 감당하시면서도, 자식들에게 아르바이트라도 해서 용돈 정도는 벌라는 소리를 일절 하지 않으셨다. 이렇게 보니 요즘 하는 말로 '은수저'쯤에는 들어갈지도 모르겠다. 물론 내가 사회인이 되고 나서는 집에 손을 벌리는 일은 없었다.

최근에 개업한 병원은 그동안 모아두었던 자금과 대출의 힘을 빌리고, 영혼까지 끌어모아 겨우 차렸다. 직원 30명 규모의 한방병원, 절대 작지 않은 크기다. 사실 마음 한편에 걱정도 있지만, 그래도 영란 씨와 함께하면 모두 잘될 거라는 생각이 더 크다. 경영에 관한 것은 영란 씨가 꼼꼼하게 잘 살피기도 하고, 내가 더 열심히 하다 보면 해결될 것이라는 집념 하나로 걸어가고 있다. 사실 지금까지도 그런 마음으로 걸어왔다. 우리는 5천만 원의 빚을 안고 결혼 생활을 시작했고, 지금 사는 집도 대출받아 마련했다. 이렇게 해서까지 집을 산 이유는 연애 시절 영란 씨가 했던 말 때문이었다. 우리 집은 예전에 영란 씨와 내가 방송 때문에 차를 타고 자주 지나다니던 길에서 잘 보이는 아파트다. 어느 날, 늘 그랬듯 아파트를 지나치는데 영란 씨가 이런 말을 했다.

"저런 데서 살고 싶다. 그런데 워낙 비싸잖아. 다시 태어나야 살 수 있겠지?"

나는 자기 길을 성실하게 걸어나가면 꿈을 이룰 수 있다는 걸 영란 씨에게 보여주고 싶었다. 그래서 무리해서 영란 씨가 바라던 그 아파트를 우리 집으로 마련했다. 그리고 꽤 오랜 시간이 걸리기는 했지만 마침내 빚도 다 갚았다. 병원도 똑같은 방법으로 함께 만들어나갈 생각이다.

영란 씨와 나는 미래를 바라보는 성향 자체가 조금 다르다. 영란 씨는 큰 꿈을 품고 먼 곳을 바라보기보다 하루하루를 잘 살며 오늘에 만족하는 사람이다. 반면 나는 목표를 세워두고 한 걸음 한 걸음 나아간다. 돌이켜보면 오히려 그런 차이가 있기에 부부를 넘어 같이 일하는 동료로도 움직일 수 있는 듯하다. 그림으로 치면 내가 스케치하고 영란 씨가 채색을 맡아 함께 하나의 작품을 완성하는 것이다. 우리는 서로가 부족한 부분을 채울 수 있었다. 그 과정이 쉬웠다고 볼 수만은 없다. 영란 씨는 지금도 충분한데 앞으로 자꾸 나아가려고 하는 내가 부담스럽고, 나는 갈 길이 많이 남았는데 머뭇거리는 영란 씨가 답답했던 시간도 있었다. 다행히 이제는 마음을 합쳐 서로의 입장을 조금씩 조율하며 나아가는 중이다.

현재 나는 진료에만 집중하고, 병원 살림은 영란 씨가 꾸려나가고 있다. 테이블 하나 놓는 인테리어부터 직원 관리까지 모든 걸 영란 씨가 도맡아 한다. 다시 생각해도 이 사람이 없었으면 개업을 할 수 있었을까 싶다. 영란 씨는 사업은 고사하고 간단한 운영 경험도 전혀 없었다. 그런데 처음 맡은 병원 경영 일을 깜짝 놀랄 정도로 야무지게 해내고 있다. 외부에서 경영 전문가를 불러도 이렇게 할 수 있을까 싶은 수준이다. 병원을 내기 위해 건물주를 만나 협상을 할 때도, 어쩐지 위축되던 나를 대신해 거침없이 할 말을 하며 당당하게 일을 마무리한 게 영란 씨다. 영란 씨는 정말 모든 열정을 다해 병원 개업을 준비했고, 작은 인테리어 하나까지 직접 신경 썼다. 나는 우리나라에서 내로라하는 한방병원에서 일하며 경영에 능숙한 이사들을 자주 봐왔는데, 영란 씨의 카리스마는 그들과 비교해도 전혀 부족함이 없다. 경영을 배운 적도, 해본 적도 없는 사람이 경영 전문가들에게도 뒤지지 않는 것이다. 가끔은 오히려 백지이기 때문에 습득이 빠른 것일까 하는 생각도 든다.

이렇게 각자 맡은 분야와 잘하는 분야는 다르지만, 병원 운영에서 우리는 완벽하게 마음이 일치하는 부분이 있기에 충돌하지 않는다. 치료를 위해 아끼지 말자는 것은 물론, 환자만이 아니라 직원들을 위해서도 투자를 아끼지 않아야 한다는 게 그 마음이다. 직원을 살피는 아내의 마음은 곳곳에서 드러난다. 영란 씨는 병원 직원들을 위한 크리스마스 선물을 준비할 때 한 사람 한 사람에게 한 장 한 장 마음을 담아 직접 카드를 쓴다. 또, 개원을 준비하며 영란 씨가 가장 먼저 고려한 직원 복지가 바로 직원 어린이집 설립인 점도 그렇다. 영란 씨 본인이 육아와 일을 병행하면서 고생한 경험이 생생하기 때문이다. 그래서 영란 씨는 병원 바로 근처에 어린이집을 만들어, 직원들이 안심하고 아이를 맡겨 일에 집중할 수 있는 환경을 만들고 싶어했다. 고작 개인병원 하나 세우면서 누가 어린이집까지 만들 생각을 할까? 영란 씨가 바로 그런 사람이고, 다행히 나도 그 마음에 백번 동의하는 사람이다. 조금 무리가 될지는 몰라도 열심히 하다 보면 절대 불가능한 목표라 생각하지 않는다.

병원을 개업하면서 내가, 영란 씨가 이루고자 하는 꿈은 많으면서도 어찌 보면 참 단순하다. 원인 진단이라는 한방의 기본을 잘 따르는 병원을 만들어, 많은 환자가 한방만의 장점으로 쉽고 편안하게 치료받는 것이다. 똑같이 허리 디스크 4번이 밀려나 있더라도 과로, 수면 습관, 선천성, 외부 충격 등 그 원인은 제각기 다르다. 같은 병증이라도 환자가 100명이면 100명이다 제각각이다. 양방 의사를 고용해 MRI를 찍어 그 결과를 참고하는 것은 한의학에 필요한 변화다. 하지만 오직 MRI 결과만 보고 약침 주사를 놓거나 약을 처방

하는 것이 한방 치료의 전부가 되어서는 안 된다. MRI
는 하나의 지표일 뿐 원인이 아니다. 문제는 더 근본적
인 곳에 있고, 그 근본적인 문제의 원인을 찾는 게 바
로 한방 치료다. 감기도 그렇다. 집 안의 환경이 안 좋
을 수도 있고 폐 기능이 원래 약할 수도 있다. 혹은 조
금만 피곤해져도 생길 수 있는 게 감기다. 그런데 염증
만 보고 약 처방만 한다면 그것이 올바른 진단이라 할
수 있을까? 습관을 들여다보고 생활을 알아야 정확한
치료에 도달할 수 있다.

한의학 자체의 경쟁력을 생각해봐도 그렇다. 디스
크에 주사를 놓고 진통 소염제를 처방하는 과정은 양
방과 다르지 않다. 사실 즉각적인 효과만 놓고 보면 오
히려 양방에서 사용하는 스테로이드제가 더 좋다고
할 수 있다. 그럼 환자들은 왜 한방을 찾을까? 그 이유
가 뭘까? 내가 내린 결론이자 우리 병원의 철학은 '한
방은 길을 터주는 의학'이라는 것이다. 치료에 완벽한
마침표는 없다. 생生이 계속되는 만큼 병病도 계속된다.

의사는 도울 뿐, 병과 줄다리기를 하며 삶을 걸어가야 하는 건 환자 본인이다. 의사는, 나는 아플 때마다 눕혀서 주사를 놓고 약만 먹일 게 아니라, 그 길을 어떻게 걸어가야 하는지 알려줘야 한다.

영란 씨와 나는 그 길을 알려주는 길잡이가 되어, 우리 병원을 안내소이자 쉼터로 만들려 한다. 우리를 길잡이로 만난 사람들이 한층 더 건강하고 행복한 삶을 걸어가기를 바란다. 그것이 한창과 장영란의 꿈이다.

란이는 한창 충전 중

ⓒ 한창 · 장영란

1판 1쇄 인쇄   2022년 5월 25일
1판 1쇄 발행   2022년 6월 2일

지은이 한창 · 장영란
펴낸이 황상욱

원고 구성 조은호 | 편집 박성미 | 디자인 LAYER 1
마케팅 윤해승 장동철 윤두열 | 경영지원 황지욱
제작처 삼조인쇄

펴낸곳 ㈜휴먼큐브 | 출판등록 2015년 7월 24일 제406-2015-000096호
주소 03997 서울특별시 마포구 월드컵로 14길 61 2층
문의 전화 02-2039-9462(편집) | 02-2039-9463(마케팅) | 02-2039-9460(팩스)
전자우편 yun@humancube.kr

ISBN 979-11-6538-291-9 03810

인스타그램 @humancube_books 페이스북 fb.com/humancube44